神様から授かった一度の人生

丸岡巧美
MARUOKA Takumi

文芸社

まえがき

私は、東尋坊に近い北陸福井の海沿いの田舎で生まれた。出生時の昭和九（一九三四）年の家族構成は、両親・兄五人・姉三人・長男嫁と私の計一二人の大家族であった。自宅は店舗を兼ねており、魚卸・乾物・味噌醤油などの卸小売業及び、漁業や農業などを営んでいた。農業は家族が一年間自給自足できる収穫量であった。

父親は日中戦争に参加して手柄を立て、無事に故郷に帰ってきた。その後、長男は軍隊に取られたが、太平洋戦争前に戻ってきた。次男は軍隊に入隊し、その後八丈島で本土防衛の任務に就いたが、終戦後帰還した。三男は満州に動員され機関士になったが、終戦と同時に復員した。

私は小学校に入学前から店舗販売の手伝いをした。自宅付近は、湖や緑豊かな山に囲まれて眺めがよく、自宅の裏山を越えた先には、海岸が広がっていた。

両親は、子供が多く世話に手が回らなかったが、子供たちは自然の中で自由に生活できた。母親は兄たち五人の名前をよく間違えて呼び、子供たちに笑われていた。私のすぐ上の兄（藤太郎）は、野良仕事や漁業の仕事などを手際よくこなして、母親から喜ばれていた。私は幼い頃は兄姉の背中を見て育ったが、母親が外出時には、怪我や病気が心配で連れていってくれた。また、幼年時代から中学校卒業まで、私の知らない世界を兄姉たちは親切に教えてくれた。この時代は情報源に乏しかったが、兄姉たちからの情報は、この上ない楽しみであった。

父親は除隊後、店舗や魚卸業などの仕事が多忙であったが、暇を見つけて初馬《はつま》家主の家を訪れて、近隣は笑いが絶えなかった。

私は地元の高校を卒業後に上京して大学を出ると就職した。

都立試験研究機関に入職時代は、我が国が高度経済成長期で発展を遂げつつあった。この時代に企業の技術者と共に、技術開発の一端を担うことができた。この貴重な実務経験は定年退職後に、ビル・工場などの現場技術者への継承に貢献することができた。昭和一二年頃の幼年期の平和な時代、昭和一六年から昭和二〇年までの太平洋戦争時代、昭和二三年六月の福井大震災の忍耐の時代を経てきた。その後、わが国の高度経済成長期を経て、平成の経済安定の時代から、今日の令和時代に至っている。

本書では、私がこれまで歩んできた出来事の一端を、年代を追って振り返ることにする。

神様から授かった一度の人生　目次

第一章　自然の恵みと暮らし

一　家族と親戚

私は現在の福井県あわら市で生まれた。出生当時（昭和九年）の所在地名は、福井県坂井郡北潟村の東地区である。芦原町の北西部にある北潟湖の西岸を国道三〇五号線が通る。それに沿って連なる集落で、東地区と西地区があった。

私は、兄と姉が八人いる末っ子である。姉三人の名は、長女は「キヨ」、次女は「つまを」、三女は「すえを」という。

当時の女性は働きづめで、夫に先立たれて泣いていた周囲の女性などを見て、父三太夫は三女に「女子は、これで終わり」という意味で名付けたという。父は生まれてくる子供は、男子を望んでいるようだった。

父は昭和一二（一九三七）年の日中戦争に出征し、二年後に、その時の戦果としてか青龍刀を家に持ち帰り、仏壇の両側に飾って手柄を自慢していた。この頃、父は軍隊で馬術の訓練を受けており、自宅に馬を持って、遠方の町村に商用で出かけていた。私は時々馬に乗せてもらったが、安心できて楽しい思い出だった。

父は自宅の向かい側に住む元北潟東区長で初馬家主の初馬藤三郎とは、子供の頃からの親友であった。

父が復員の挨拶に行くと、

「元気で帰ってきたか、大陸は寒い場所と聞いており、心配していたぞ。お前がいない間は、寂しかったぞ」

と初馬家の家主は玄関に出迎え、お互いに手を取り合って喜んだ。

当時の北潟の交通手段は、木炭車（木炭を燃料として走る車）で、芦原駅から吉崎御坊まで一時間に一往復をゆっくり走っていた。

北潟村の荷物の運搬は、舟による湖上運搬のほかに自宅近くに住まうチンさんなどが行っていた。チンさんは、依頼された荷物を馬車の荷台に積んで、北潟村から近隣地域に配送していた。

チンさんは、私の自宅前を通る時には馬車を止めて、「馬車に乗るかい」と隣座に乗ることを勧めてくれた。チンさんはいつも笑顔で、愛馬の幼い頃の話をしてくれた。約五〇〇メートル走った所で「この辺で下りる」と言うと下ろしてくれて、自宅に歩いて帰った。馬の鬣《たてがみ》や、荷車を引いてパカパカと歩く馬の後ろ姿や足音が、私を楽しい気分にさせてくれた。

ある日、隣座に乗ったところ、荷台からいい香りが漂ってきたので、思わず唾を飲み込み、よだれを垂らした。荷台には大きな桃を入れた木箱が所狭しと載せられていた。

チンさんは、そんな私の姿を見て馬車を止め、「桃を持っていくかい」と、荷台から二個の桃を渡してくれた。家に帰って母と二人で桃を初めて食べた。香りがよくて甘くおいしく、幸せな気分にさせてくれた。食べた後で母から「この桃は売り物だ」と言われた。初めて商売用の品であることを知らされた。

そこで、「桃、ありがとう」と言って、母が焼いたモロコ（別名ワカサギ）を渡すと、チンさんは「夜のおかずに家族と食べる。ありがとう」と微笑んで受け取ってくれた。

父・三太夫は、遠出には馬を利用した。(昭和13年)

左から栄規、娘・和子（0歳)、母ヨノ、筆者（2歳)、藤太郎（6歳)。(昭和11年)

生家の稼業は店舗（味噌・醬油・乾物類・鮮魚の小売販売、コンニャク製造販売）及び海や湖で捕れた鮮魚の卸売業であった。農業は、家族が一年間自給できる程度の米や野菜をつくっていた。

三歳頃の秋から冬にかけての記憶である。近くに住む叔父の坪田辰二郎の家を、姉のつまをに連れられて頻繁に訪れた。叔父は自宅にいる時、囲炉裏の正面に陣取ってあぐらをかいていた。この頃は、囲炉裏はどこの家にもあり、人が家にいる時は一日中火を絶やすことがなかった。いつも私が膝の上に座ると、叔父は「六角堂に小僧一人……」などの謎かけや「鬼ヶ島の桃太郎」などのおとぎ話をしてくれた。その後に叔父は、「一〇に一三を足すと、いくつ」と尋ね、私は指計算で「左手二本で二〇と、右手の指三本で合計二三だ」と答えた。このように、両手一〇本の指を使って一から一〇〇までの足し算と引き算ができるようになった。

叔父宅を訪れた人たちも指計算に加わって、指計算が正解した時は「よくできたね」と褒められた。指計算でのしぐさは笑いを誘った。これが後日、数値計算に興味を持った要因と思われる。

　また、坪田家の囲炉裏の周りには夕食後、親戚の人たちが集まった。お茶、甘酒、芋煮、お餅などを飲食しながら「田植えはいつか。手伝うよ」「魚が多く釣れたのであげるよ」などと、日常の助け合いのやり取りをしたり、その日の出来事などで歓談していた。

二　祭りと踊りと参拝

毎年七月に東地区と西地区で二日間に亘り、神輿《みこし》を担ぐお祭りが開催された。わが家は北潟青年団の東地区集会所になっていて、祭り当日は神輿を担ぐ青年たちが集まった。青年団員は同じ白色のハッピ、ハチマキ姿で神棚に参拝して、神輿を担ぐ準備をした。約二〇分前になると、青年団長は「西地区の青年団に負けないように頑張ろう」と大声で叫び、神輿の置かれた安楽寺へ徒歩で向かった。

神輿を担ぐ時間になると、旗持ちと神輿を担ぐ青年たちが、いったん八雲神社に集まった。小学校五、六年生から選ばれた旗持ち少年たちの旗行列が「ヤーガレー・ヤーガレー・オーチンサーイ」と掛け声をかけて、神輿を安置した安楽寺へ向かうため先導した。

ヤーガレーとは「神輿を立ち上げよう」の意味で、オーチンサーイとは「村に疫病や災難が起きないように鎮めてくださるお祭り」の意味であった。

旗差し物は、①てんぐ（天狗面の下に、御《ご》幣《へい》を付けて行列の先頭に立つ）、②なすび（巡行を妨害する者を突き倒すための槍で、先端がナスに似ているので付けた名前）③がく（八雲神社と書かれた名乗札《なのりふだ》）④ほこ（疫病神や災いが、この鉾に乗り移り、村中平安無事の祈願で、鉾は真剣）⑤白魔剣・赤魔剣（魔剣とは、人の能力を超えた威力のある剣で、赤と白がある）の五種類であった。

旗持ちの順番の選び方は、祭りの数日前に「ねじりん棒」の勝敗で決められた。「ねじりん棒」とは、木製台の上に樫の丸棒を置き、双方で棒をねじり合って勝敗を決めることである。

安楽寺本堂のみこし（『あわら市北潟村民誌』より）

その中で一番強かった者が「てんぐ」を持ち、以下、順に持つ旗が決められていた。

私は五年生の時は「がく」を持ち、六年生の時は「なすび」を持った。日頃海で鍛えた腕力のある同級生の少年がいて、私は昭和二一（一九四六）年と二二年（一九四七）年の二年間「てんぐ」を持てなかった。

同級生の誰もが悔しがっていた。小学生たちは「てんぐ」を持つのが夢だった。

終戦直後で、戦地から復員してきた青年男子たちが、大勢お祭りに参加していた。

青年たちは、一〇時頃に神輿を担いで安楽寺を出発し、北潟村東地区のじゃり道（村中を通る県道）を、ゆっくりと「ワッショイ・

みこしを担ぐ青年たち

ワッショイ」と掛け声をかけてねり歩いた。神輿が近づくと、子供も大人も各家庭が総出で、神輿を担ぐ人たちに手を振って笑顔で出迎えた。

目的地の八雲神社は小中学校に近い高台にあり、その階段は急で段数は多いが、普段鍛えた体力で難なく登りきった。一六時頃には八雲神社の広場に到着した。

休むことなく青年たちは交代で神輿を担ぎ、のぼりの立つ広場を約五周回った後に、八雲神社に安置した。私が中学三年で神輿を担いだ時は晴れていたが、雨天時は皆、泥だらけになった。

お祭りで神輿を担ぐ年齢に制限はないが、

みこしを先導する旗行列（『あわら市北潟村民誌』より）

青年団の年齢は約一五歳～三〇歳で、神輿を担ぐことにより友情や連帯感が生まれていた。青年男女は夕食後に、浴衣姿で神社境内の広場を埋め尽くした。その中の数人が、お祭り近くになると、越前太鼓を練習して、技を鍛えた。

この太鼓の音色は、静かな村中に鳴り響いた。青年男女が神社広場に集まると人の輪が二重、三重に広がり、一〇〇人以上が太鼓の音に合わせて踊りだす。この輪の一人が、太鼓に合わせて「佐渡おけさ」「炭坑節」など、得意な民謡をそれぞれ歌って、青年団の男女の踊りを盛り上げた。見物人は美声に酔いしれた。この時代は、楽器やマイクがな

お祭りの夜のおどり（『あわら市北潟村民誌』より）

く、太鼓と美声だけが頼りであった。

踊りは夜の約七時から一二時頃まで続き、太鼓の響きと青年の歌声で、神社境内は心地よさに満たされる。お祭りは、青年男女の交際の場でもあった。

広場の片隅には夜店が立ち並び、このお祭りだけは、夜中になっても子供たちは自由に遊び放題で、夜店の射的や金魚すくいなどが賑わいを見せた。

この頃の子供たちは、湖での水浴び、山での木登り、海での釣りや潜ってアサリ取りなど、自然に溶け込む遊びに夢中だった。どこの家庭でも、子供の遊びに干渉しなかった。

毎年、祭りの七月一四日には、北潟村から北海道利尻島に移住した親戚の菊谷さん夫妻が娘二人を連れて、やって来る。小型蒸気船に乗ってきて、北潟海岸の砂浜に着く。その後、わが家の青年団集会場に来て、お祭りや盆踊りに参加して楽しんで帰る。この頃、利尻島民は鯨から採れた油を小型蒸気船の燃料にして漁をしていた。お土産に鯨肉の乾物をいただいた。

太平洋戦争の始まる前年、昭和一五（一九四〇）年の祭り前日に、私は海岸で、すぐ上の兄、藤太郎を含めた子供数人と海釣りをしていた。

そこに、小型蒸気船が煙を出して砂浜に近づいてきた。私は初めて蒸気船を見たので、「人さらいが来た」と大声で叫び、海岸の小屋に逃げ込み、隠れているうちに寝てしまった。

この数日前に母親から「村の子供が、突然人さらいに連れていかれた」と聞かされ恐れていたからだった。藤太郎はほかの子供たちと「巧美がいないぞ」と泣きながら、周辺を探し回った。夕方暗くなった頃に小屋に来て、「お前、なんで、ここに寝ているんだ」と怒鳴られて起こされた。その後、小型蒸気船は親戚の人の船だと分かり、藤太郎やほかの子供たちに頭を下げたが、気まずい思いをした。

小学生の頃は、吉崎御坊の例祭の思い出もある。四月二三日から五月三日まで開催された。大人も子供たちも総出で、吉崎御坊に足を運んだ。縁日の出店が出て、その中におもちゃや駄菓子の店が所狭しと並んでいた。

子供たちは、この期間中は何度となく吉崎御坊に足を運んだ。普段口にできない飴玉、駄菓子やせんべいなどの食べ物が目的であった。また、お化け屋敷なども見物客で賑わっていた。村の大人たちは、蓮如上人像の参拝や坊さんのお経や説教などを聞くために集まった。

交通機関はバスや徒歩で、芦原駅から北潟村北潟西の北潟湖の船着場に着き、ここから吉崎御坊の船着場までを、渡し船で五〇分間ほど北潟湖を遊覧して観光を楽しんだ。

当時は、京都・大阪方面からのお参り客が多かった。父は漁業と農業に兼用の約一五人乗りの小舟を持っていたので、何回もお客を運んだ。当時、北潟湖は名勝として、多くの観光客が訪れていた。また、湖では多くの人たちが魚釣りに来て、賑わいを見せていた。

三　湖の魚捕り

わが家は、私が幼い頃からフナ・コイ・ウナギ・エビ・ナマズなど、北潟湖で捕れた魚の商いをしていた。漁師が捕った魚や、兄たちが捕った魚が集められて、たくさんの種類の魚を取り扱っていた。

常連の仲介業者は、バイクやライトバンなどで福井市内や金沢市内から訪れる。朝八時頃、「今日はどんな魚が捕れたのかい」と威勢のよい声で店に入ってきた。

長兄の栄規が対応に出て、「今日は、ウナギとボラがたくさん釣れた」と湖のイケスに

農業や漁業に舟が利用された。

案内し、取引を行っていた。その日の昼食に、湖で捕れた魚の手料理で歓待し、仲介業者は歓談して帰られた。私は仲介業者との対話で、世の中の情報が聞けて楽しかった。

私の幼年時代の湖は、子供たちの魚捕りや泳ぎの遊び場になっていた。藤太郎の泳ぎを真似て、四歳頃に「いぬかきができた」と母に話して湖で泳いでみせると「コイのように、泳げるようになるといいね」と母はその先を望んでいた。

藤太郎は手先が器用で、凧、竹スキー、ソリー（橇《そり》）、釣り竿などを手作りしてくれた。小舟や陸橋から湖に釣り糸を垂れると、

魚捕りや泳ぎなど、子供の遊び場になっていた現在の湖のほとり

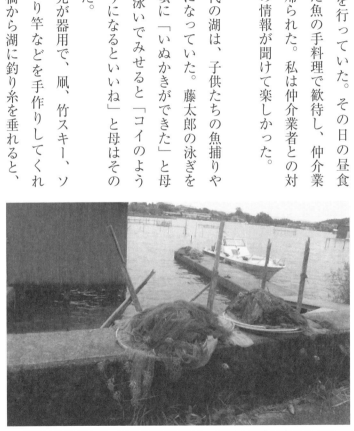

フナ、ハゼ、セイゴなどが面白いように釣れた。餌は、台所から排水溝に流れた栄養豊富な水がしみこむ土中に棲むミミズ、及び湖の砂地に棲むゴカイを、手やシャベルで掘り起こして捕獲した。

また、栄規は、竹で編んだ「ほうらんかご」を二日間かけて作った。その中に浜砂と炒った米ぬかを水で混ぜて、団子状にして籠の中に入れ、夕方湖に沈めておく。翌日の朝に引き揚げると、コイ、フナ、ボラなどが一籠で五～一〇匹捕れた。

ほうらんかご

また、春先の風が強い日、湖の浅瀬に白魚が波に流されて押し寄せてきた。タモですくって生きたまま持ち帰り、家族で夕食時に生食や味噌汁で食べた。

秋から冬にかけての寒い闇夜で、風が強く吹き荒れた日に、湖の浅瀬にウキゴカイが、湖底に穴を空けて湖水面に群れをなして現れる。これを狙って、小舟に乗った青年たちが、たいまつを焚き、タモを持って待機していた。舟は波で揺れ、たいまつの管理も大変な仕事であった。

ウキゴカイは、赤・青・黄など三原色をしており、胴体をくねらせて湖の水面に浮き上がってきた。初めて見た時、「なんで、こんな綺麗な色をしているんだろ」と、思わず叫び見とれていた。すると「見惚れてないで、早く網を入れろ」と藤太郎に怒鳴られた。ゴカイがたいまつの下に集まってきたところを狙って、網を入れてすくった。

ゴカイの長さは、約五〜一五センチで、太さは直径約一〜一・五センチくらいであった。これを舟内に用意したイケスに入れて、家に持ち帰った。このウキゴカイは、栄規が次の朝早く、金沢

北潟湖での漁業風景

の魚市場に持っていくと、高い値段で取引された。海でタイやブリなどの餌に使用される。湖ではウキゴカイを餌に使用すると、体長約五〇～八〇センチのボラやスズキがよく釣れた。

四　海の魚捕り

小学生の頃、毎年春先の海岸には、コウナゴやイワシの大群が、海岸から約五〇〇メートルの所に押し寄せてきた。地曳網で引くと大漁の日が続いた。コウナゴは大漁の時には、長さ約三〇メートルで、直径約一メートルの網袋に、いっぱいになって引き揚げた。午前五時頃から正午にかけて地曳網を引き、捕れたコウナゴは、すぐに砂浜に撒いて乾燥させた。夕方に砂を払って籠に入れ、仲介業者が木の箱に詰めて、トラックに積んで市場に運んだ。

イワシ漁では、父が地曳網で捕れたイワシを舟に積んで、一人で櫓を漕ぎ、湖の自宅の船着場まで運ぶの

北潟海岸での地曳網風景（『開湯芦原一〇〇年史』より）

に半日を要した。海岸を昼に出て、湖の船着場に到着すると、夕方も暗くなった。

このイワシは、自宅のコンクリート製（円形で、直径約三〜四メートル、深さ約四メートル）の肥料溜めに入れておき、後日田んぼの肥料として使用された。この時代は、大量にイワシが捕れても価格が安く、早く運ばないと鮮度が保てなかった。また、冷凍設備がないため、保存ができなかったので、肥料として使用された。

毎年冬から春にかけて、海岸近くの海にイナダ（体長三〇〜四〇センチ）の大群が押し寄せてきた。漁師たちは二隻の舟の網で群れを囲い、櫂《かい》で舟のへりを叩いて網袋の中に魚を誘導して引き揚げた。捕れた魚は、金沢の市場にトラックで運んだ。

ある日、この網の中の魚を追って二匹のシャチが、陸地に向かって直進してくるのが見えた。右側の一匹は、陸地から約二〇メートルの距離で、右側直角方向に反転した。残りの一匹は、そのまま直進して陸地に乗り上げた。長さが約五メートルで、胴回りは大きな牛の胴体ほどに見えた。漁師二人が、シャチの胴体に左右両方から近づき、舟を漕ぐ櫂で「頭を早く叩け」と叫んだ。

力持ちの二人の漁師が、夢中でシャチの頭を叩き続けた。約三〜五分間、のた打ち

シャチが魚を追って砂浜にのりあげた。（昭和 14 年頃）

回った後に大波が来て、尻尾からバックして海へ逃げ込んだ。その姿は、まるで角が生えた牛の顔に見えた。一瞬の出来事であった。

その後で漁師たちは「あの時、ロープで尾びれを縛れば、捕獲できたのに」と獲物を逃して悔しがった。さらに「あれほど櫂で頭を叩けば、たいていの魚は動かなくなるのに」と、シャチの元気の良さに呆れていた。

季節や時間帯により海水の流れる方向が変わる。漁師は網を海に投げ入れる時間帯も、長年の経験で心得ていた。漁は、たいてい午前中で終了した。午後は海水の流れが速くなり、波も高まるので、漁師たちは漁をやめて、網の手入れに余念がなかった。この頃の漁師にとって、網は生活の命綱であり、大切に管理されていた。

冬から春にかけて海は荒れ模様が続き、漁に行けない日が続くが、夜明け前の数時間、海は穏やかであった。そこを狙って、三時頃、父が海岸で魚群の様子を下見した。すると、ワラサ（体長四〇～六〇センチ）の大群が、陸地から約二〇〇メートルの距離まで押し寄せて、水しぶきを上げて跳ねていた。これを崖上で父が見て、直ちに家族や漁師を海に駆り出した。

私も子供であるが、その一人として駆り出された。二隻の舟に分乗して、一隻にはロープと網を積み、もう一隻にはロープを積んでワラサの大群を囲んだ。父親は崖上から魚群の居所を見てから、二隻の船頭に向けて、メガホンを使用して合図を送った。船頭に左右前後のかじ取り方向を、「シンレー、コンレー」などと大声を出して叫び続ける。

私はロープのみの舟に乗っていた。ワラサが水中に潜ると、舟からは魚群の居所が見えなかった。

船頭の指示でロープが海に投げ入れられる。ロープの末端は、もう一艘の網の終端に結ぶ。それが終わると、直ちに舟を陸地に戻

現在の北潟海岸（令和２年 10 月）

す。それから全員が二手に分かれて、ロープと網を順に引き揚げた。

その結果、ワラサは二〇〇〇匹以上の捕獲があった。このワラサの群れを、全部網から引き揚げると、夜も明けてきた。その頃、崖上には一〇トントラックが一台待機していた。

この漁が終わると、疲労で倒れそうだった。一年に数回の大漁は、家族や漁師にとって大きな収入源になった。私は子供でも、漁に役立ったことが誇りに思えた。

当時は、電気冷蔵庫がない時代だった。そこで、雪の貯蔵小屋（畑中央の高台に面積約五平方メートル、深さ四メートルの穴を掘り、これに藁葺《わらぶき》屋根を載せた小屋）には、冬の積雪時に雪を運び入れて、天然雪の氷を作って保存した。

そうやって作った天然氷は、店舗の木製冷蔵庫に適量を運び入れ、魚の冷蔵保存に利用した。この木製冷蔵庫では保存量に限界があるが、一般に一週間程度、魚が保存できた。

五　相撲と遊戯と漫画

昭和一五（一九四〇）年頃から、小学校のグラウンドに土俵が常設された。当時はまだ国民学校になる前だったが、太平洋戦争へ突入する時代の要請でもあったのだろうか、先生たちは相撲を生徒に奨励した。授業開始前や昼休み時間、低学年の男子生徒はまわしを着けて交代で相撲を取っていた。

私が小学校二年生の春の運動会では、一～三年生は各二学級で計六学級に編成されていた。一年と二年の計四組で、三人一組の団体戦が組まれていた。その勝者が、三年生の二組の勝者と対戦することになった。

相撲担当の先生は、二年生代表の一人に私を指名した。結果は、私の組が一年生の勝者に勝ち、二年生の対戦は、二勝一敗で勝ったが、一敗は私だった。三年生の勝者は三勝無敗で、特に三年生のS君は、自分に比べて体が大きく、大人と子供の差があった。

対戦が進み、一勝一敗という状態で、私が最後に無敵のS君と対戦することが決まった。先生から「君は負けて当然だが、棄権はするな」と言われた。誰もが、三年生のS君が勝つと信じていた。

ところが、土俵に上がろうとした時、小学校高学年の藤太郎兄が私の近くにきて、小さな声で「足を捕まえろ」とささやいた。対戦相手を見ると、この大男は足が長く、私を見下ろしていた。

そこで、私が勝つ方法は、足を取る以外にないと思った。行司を務める三年担任のH先生の掛け声と同時に、相手の両足を両手でしっかり持ち上げ、自分の頭を相手の腹部に思い切りぶ

北潟小学校（令和２年10月）

っつけた。大男は、仰向けに土俵外に倒れた。勝ったことは、自分でも信じられなかった。

家に帰って「おとぎ話に、ウサギと亀のかけっこの話が出てくるが、相撲もよく似ているね」と藤太郎兄に話すと、おなかを抱えて大声で笑った。

H先生は三年生の受け持ちで、戦地に赴いて片足を負傷し、復員後学校の先生になった。先生は気が荒くて、生徒たちはよく叩かれて、恐れていた。ある日、私が校舎二階から、一階に走って下りようとした時、上ってきたH先生と途中でぶつかった。「気をつけろ、バカもん」と怒鳴られたうえに、思い切り頬っぺたを叩かれた。勢い余って階段を転げ落ちたが、かすり傷程度で済み、怪我がなく幸いだった。H先生は、何もなかったかのように平然と立ち去った。

この頃の女子生徒の間で、わらべ歌「花いちもんめ」の遊びが楽しく、人気があった。この遊戯は、約二〇～三〇人が、それぞれA組とB組の二組に同人数で分かれて、手を繫ぎ歌いながら、前に三歩進んで足を上げ、後ろに三歩戻る。

その時、A組とB組が、列を作って互いに向き合い、手を繫いだまま、A組が「モンメ・モンメ・ハナイチモンメ」と言う。すると今度は、B組が「ハナイチモンメ」と応え、次にA組の方が「あの子が欲しい」と続け、B組「あの子じゃ、分からん、どの子が欲しい」と要求する遊びである。

その後は、A組が「幸ちゃんが欲しい」、B組が「どんなかっこで、いくの」、A組が「花嫁のかっこで、おいで」などと交互に歌って、B組のグループの一人が、対面側のA組グループに花嫁姿などを装って移動して加わるのである。

このように、A組とB組が交互に歌って、組の中の一人を指名して入れ替わる。指名された女子生徒は、相手が指定した装いのふりをして移動する。この遊戯は、男子生徒たちも見学して楽しんでいた。

小学生の低学年頃は、国道裏路地の外灯の下に魚箱や材木が置かれていた。放課後はそこに五～七人が集まった。子供たちの中の一人が、漫画本を持参して、ほかの子供たちに漫画本を見せながら、読み聞かせていた。私も加わり、楽しいひとときだっ

この頃大人気だった女子小学生の遊戯「花いちもんめ」。(昭和16～18年頃)

た。この頃は、村には本屋がなく、本の入手が困難だった。

また、男の子の間ではパス（メンコ）という遊びが盛んで、パスの表には、漫画本などに出てくる人物の絵が描かれていた。アメリカとの開戦前は、荒木又右エ門や猿飛佐助などの絵が描かれていた。その後の戦時下では、肉弾三銃士や乃木将軍などの戦争に関した絵が、数多く描かれていた。また、たまにではあるが、子供たちが親からもらったわずかな小遣いは、駄菓子、凧、羽子板などに使っていた。

自宅の裏畑に、兄の武治が植えた梅の木が二本あった。夏には少しばかりの収穫があり、母が手作りで梅干しを作り、弁当のおかずに入れてくれた。春から夏にかけて初馬家の家主の裏山には、山一面にツツジの花が咲き乱れて、見事であった。子供たちは、ツツジの花をバケツに摘んで家に持ち帰り、塩を付けて食べていた。また、夏から秋にかけて裏山の崖に、大きな椎木や栗木が実をつけていた。実が落ちるのを待って、拾い集め、焼いて食べて腹の足しにした。十分な食料が得られなくなった時代の、子供たちながらの知恵であった。

梅雨頃から秋にかけて、ニイニイゼミ、アブラゼミ、ミンミンゼミ、ヒグラシが裏山で季節ごとにいっせいに鳴き、季節の移り変わりを知らせてくれた。この中で、アブラゼミの鳴く夏が近づくと、湖で発生する蚊が家に侵入して、夜は蚊帳を吊って寝たが、湖から吹く風で涼しく感じられた。

また、ヒグラシの鳴き声を聞くと、秋からやがて冬に向かい、長くて寒い夜が続くと思うと、淋しく感じられた。この頃の冬期は、寝る時に薪の残り炭火を火鉢に入れて、灰を被せて布団の中の櫓《やぐら》コタツに入れて体を温めて寝た。

北陸の冬は雪が多くて気温が低く、湿度が高いため、夜が長く感じられた。

六　日常生活と遊び

昭和一六（一九四一）年、太平洋戦争の開戦時に、父は高額な国債を買い、私たちに将来は海軍兵学校に行くことを勧めた。

近所の二〇代の予科練兵が間もなく戦場に行くとのことで、軍刀を提げて実家に帰ってきた。海軍航空隊の七つボタンの白い制服と、海軍航空隊のネームのついた帽子を被っていた。近所の多くの人たちが、送別に訪れていた。

私も七つボタンの予科練に憧れて、「若鷲の歌」の一節「若い血潮の予科練の七つボタンは桜に錨……」など、毎日軍歌を口ずさんでいた。また、隣家のおばさんは「愛馬進軍歌」や「ラバウル小唄」などの軍歌を、いつも得意な節回しで、大声を出して屋外で歌っていた。

この頃、ラジオは初馬家など数軒だけにあり、村人がニュースを聞きたい時は、初馬宅などに聞きに行った。初馬家は旧家で、大きな藁葺屋根の豪邸であった。また、山や田畑の地主で庭園があり、白壁の蔵を三軒持つ由緒ある資産家であった。初馬家は子供が、男二人と女二人の四人と両親と祖母の七人が住んでいた。長男は軍隊に入っていた。

　初馬家の家主の祖母は、当時としては長命で、八〇歳を超えていた。「ラジオさんは、朝から晩まで話しているので疲れるだろう」と独り言をいい、毎日ご飯やお茶をラジオの前に供え、そのたびに「毎日ご苦労さん」と話しかけていた。

　初馬家の家主と父は、気が合うのか大の仲良しで、二人とも頭は禿げており、たばこが好きであった。一日に二人で五箱（一箱二〇本入り）を吸うが、酒は一滴も飲まなかった。父は暇な時には初馬家を訪問して、お茶を飲みつつ、たばこを吸って、二人でいつも大声で笑っていた。道路の向かい側の自宅にいても、二人の笑い声が聞こえた。その笑い声は、自宅前の道路を通る人たちの笑顔を誘った。

　初馬家の奥方は、私の母親と同年齢で仲が良く、母が在宅時は、休憩にわが家に来て、二人でお茶を飲み、ジャガイモやサツマイモを蒸かして食べていた。二人は世間話が好きで、時間を忘れて楽しそうに話し込んでいた。

藤太郎は初馬家の三男と同年齢で、よく初馬家に出掛けたが、私はいつも付いていった。初馬家の家主は私たちを「とんくろはん」「たんくろはん」と呼んで迎え入れ、お菓子をくれたりした。酒の飲めない初馬家の家主は、お茶代わりに甘酒を飲ませてくれた。また、初馬家には活動写真機があり、無声のチャンバラ時代劇などを映写していて、私は初馬家一家と楽しんだ。

七　小鳥の観察と動物の飼育

小学校低学年の頃は、授業が終わり家に帰ると、畑や田の草取りに駆り出された。畑の草取りでひと休みしていると、ヒバリが麦畑から上空に飛び上がって、約八〇メートルの高さで留まってさえずる。あの小さな体で大きな鳴き声が空一面に広がっていた。その美声に魅了されて見惚れた。さえずりが約一〇～三〇分後に収まると、急降下して地上約三～五メートルで留まり、静かに麦畑に消えていった。

母と畑へ出掛けるたびに、ヒバリのこの繰り返し、大空でさえずる習性（雄が縄張りを守るため）を見た。降りた場所から歩いて約一〇～一五メートルの麦の付け根に、麦の枝や葉で作った直径約一五センチの巣があった。その中に卵を見つけた自分は、大声で「卵を三個産んでいる」と母に向かって叫んだ。

ヒバリは、巣のありかを外敵のヘビやトカゲなどに知られないため、巣から離れた場所に降りるのだろうと思った。

親フクロウが小枝から籠の中の子を見守る。

また、卵が孵化する日を楽しみに毎日畑に行き、草取りの合間に、巣のありかに母を案内して二人で巣立ちを楽しみにした。「孵化まで、あと五日だね」と指を折った。朝、私が起床する頃に、畑の一仕事を終えて戻ってきた母は、ヒバリの産卵や孵化の日数を知らせてくれた。また、湖上の水草の上に巣を作るカイツブリの卵やヒナの存在も母から知らされて、可愛い巣立ちを二人で楽しんだ。

近所の裏山には多くの鳥が林の中に巣を構えて、湖の魚を食べて棲み着いていた。子供たちは、シラサギ、カラス、及びフクロウなどの巣を見つけて、木に登ってヒナを捕まえ、自宅に持ち帰って興味深く観察した。また、このヒナにオタマジャクシ、コハゼ、小さいフナなどを与えて巣立ちを楽しんだ。

特に、フクロウは初馬家の裏山の枯れ椎の木の根元に、穴を空けて棲みかにしていた。フクロウが夕暮れにネズミをくわえて巣に戻るのを見て、近所の子供たちは、フクロウの親の留守に二匹のヒナを捕まえた。このヒナを竹で編んだ手作りの大きな魚籠《びく》に入れて、フナやハゼを与えた。ヒナはまだ飛べないが、夜は籠から逃げないように籠に蓋を被せた。

ところが、二日目の早朝に籠の真上の桃の木に、親フクロウが留まっていた。朝に飼い主の子供たちが、ヒナに餌を与えようとして蓋を開けた瞬間に、親フクロウが籠に襲いかかり、ヒナは羽を何度も広げて、ばたつかせていたが、そのうちに飛び立っていった。親フクロウが一晩中、籠の上の桃の木に留まっていたことを、後で飼い主の母親から知らされた。フクロウ親子の絆の深さを、子供たち

籠の中に子フクロウが入っている。子供たちはフクロウの子を捕まえて遊んだ。（昭和14～16年頃）

に教えてくれた。

父は自宅近くに小屋を設けて、子牛二頭と豚三頭を飼育していた。子牛を購入して大きく育て、専業畜産農家に販売していた。牛の主食の草刈りや、牛舎内に藁を敷く作業などは、私と藤太郎兄で務めた。

ある日の午後、家族の誰かが牛小屋のカギをかけるのを忘れたため、子牛一頭が小屋から出て屋外を散歩していた。その後、子牛は水を飲みに湖に入って、湖の深みにはまってしまったことがあった。子牛がもがくほど、湖底の土の中に足が潜って抜け出すことができなくなった。父は慌てて近所の人たちの助けを借りた。三人が湖に入って牛の足をロープで縛り、大勢で子牛を引き上げ、ようやく足を湖の底から抜くことができた。近所同士の協力が大きな支えになった。

豚の飼育は、親豚に子豚を産ませて三カ月程度飼育した後、養豚場が子豚を引き取って育てた。豚は魚の入った残飯やイモ類を主食としており、家族は朝昼夕交代して世話をした。

ある日、初産の豚の出産に立ち会えと、父から呼ばれた。七頭ほど生まれて、子豚を出産直後に親豚から引き離した。ところがその後、親豚に子豚を近づけると、子豚にかみついて数匹が殺された。残りの子豚は、養豚場にすぐに引き取ってもらった。出産直後に引き離し、親豚が子豚を見ることがなかったのが原因であった。

また、ある時、栄規が金沢魚市場に川魚を運んだ帰りに、アヒルのヒナを約二〇匹買って帰った。藤太郎と二人で餌を与えて飼育した。雄が二匹で、ほかは雌だった。二人で小魚や魚料理の残りの内臓などを与えて成長させた。アヒルは大きく育ち、魚

自宅近くから見た湖、田、畑の風景。当時は橋がなかった。
（『あわら市北潟村民誌』より）

を食べる量が多くなった。

　そこで、アヒルに朝餌を与えた後に、飼育場の入り口を開放した。するとアヒルたちは、漫画に出てくるようにお尻を振って一目散に駆け出し、湖を泳ぎ回った。魚を捕って食べて、夕方には飼育場に戻った。

　ある日、朝食の後にアヒルが湖に出ていくのを確認してから飼育場を覗くと卵があった。それから鶏の卵より大きな卵五〜七個を産む日が続き、大いにわが家の食生活の助けになった。

八　野生動物との共存生活

昭和一〇年代は、田畑の肥料用に市販品の使用はなく、堆肥や小魚などを使っていた。

湖の土手にはヘビ、カエル、ネズミが多く生息していた。

ある日、笹薮を草履で歩いていると、何かぬるっとした、今まで経験したことのないものを踏み、滑って転んでしまった。それと同時に前を見ると、大きなアオダイショウが口を広げて、地上から約一・五メートルも飛び上がった。私は驚いて「ああー」と大きな声を上げた。ヘビは眠っていたところを突然腹を踏まれて起きたようで、私以上に驚いたとみえて、一目散に逃げていったが、背筋が寒くなった。

この頃は、私は兄たちが着られなくなったお下がりを着て、釣りや地曳網を揚げに裸足で湖や海に出掛け、山には草履をはいて駆け巡ったものである。そのため、手足に生傷が絶えなかった。こうした傷の治療には、たばこの吸い殻を使った。父の毎日の吸い殻を「傷口はどこだ、どこで遊んできたんだ、マムシには気をつけろ」と母が話しながら付けてくれると、出血が止まった。たばこには止血作用がありそうだった。

また、風邪を引いて高熱が出ると、母は湖のイケスからフナを網ですくってきて、これを三枚に下ろして両足の裏に貼り、包帯で巻いてくれると、不思議に熱が下がった。薬は富山の薬売りが月に一回訪問してきて、利用分のみ料金を払う仕組みになっていたが、わが家ではあまり利用することはなかった。

自宅から約五〇メートルの所に排水用の幅約一メートルの小川が流れており、渡る橋がなかった。ある日の夕方、そこを飛び越えたところ、向こう側に木の箱が置いてあった。その箱の角に顎がぶつかって約三センチの穴が空き、血が止まらなかった。

これを見ていた子供たちが、急いで母親に知らせてくれた。母親は私を背負って近くの接骨院に連れていった。顎の裂け目を縫い合わせてもらった。治るのに約二カ月を要した。母親は「あれだけ出血して、顎に大きな穴が空いているのに声も出さず、あんたは我慢強いね」と励ましてくれた。

村の各家庭は、三毛の雌猫を一匹は飼っていた。家の天井をねぐらにしているネズミを猫に捕ってもらうためだった。猫はネズミの繁殖を抑える役目を担っていた。朝と夕に魚や残飯を猫に与えていたので、家族によくなつき、昼間は縁側でよく昼寝をしていた。

夜になると、ネズミが天井裏をわがもの顔で走り回り、飼い猫は化け猫のように目を輝かせて、ネズミを追い、捕まえて、家の人に見せてから路地に出て食べた。

ある昼時に、猫が約一・二メートルの細長い丸太を口に咥えて家人に見せにき

猫がマムシをくわえて飼い主に見せに来た。（昭和 15 年頃）

た。よくよく見ると、毒蛇のマムシだった。

母は「猫に餌を豊富に与えると、ネズミを捕らない」と教えてくれた。また、「三毛の雌猫は、ネズミをよく捕まえる」「どこの家でも三毛の雌猫を飼っている」と教えてくれた。

この頃は、マムシが山や川べりに棲んでおり、村人がよくかまれ、死亡する人もいた。富山の薬売りは、お祭りの縁日に夜店を開いていた。薬売りは、おもむろにガラス箱からマムシを取り出して自分の腕をかませて、特効薬の液体を自分で付ける実演を行った。腕は紫色になって腫れたが、この薬を塗ってしばらくすると、腫れは収まった。この薬の実演販売に多くの人が集まり、よく売れた。

お祭りが近づき、多忙な準備に追われていた。

そんなある日の朝方、つまを姉が二階に置かれた御膳を一階に運んでいた時だった。何度か往復しているうち、二階から「キャー」という大声が聞こえた。母と私が何事かと急いで二階に上がると、御膳の中にロープを丸めたようにアオダイショウが寝ていた。

そのうちに頭を持ち上げた。私はびっくりしたが、母は「どこの家にもアオダイショウはいる。家の守り主だ」と話した。ネズミを食べたとみえて、腹の中心部が膨らんでいた。窓を開けると、アオダイショウは静かに出ていった。母は平然とした態度で「お祭りが済んだら、またおいで」とアオダイショウに向かって優しくつぶやいた。

その後で、「アオダイショウと猫が、家の中でネズミを退治してくれるので、家の中は静かになり、助かっている」と、母はいつもと変わらない態度で教えてくれた。

第二章　戦争と大地震の中の暮らし

一　開戦と暮らし

昭和一六（一九四一）年が明ける頃になると、太平洋戦争の開戦が近づき、陸軍歩兵約一二〇名が芦原駅から吉崎方面に、徒歩で行軍するとの知らせが各家庭に入った。歩兵たちは、背中に「背嚢《はいのう》」と、「水筒」を持ち、足にはゲートルを巻いた姿で、鉄砲を肩に掛けて行軍していた。

各家庭で歩兵二人～五人が休息のため、一泊することになった。陸軍本部は、宿泊先を事前に調査して歩兵の階級によって割り当てた。私の家にも、二名の歩兵が泊まることになった。

宿泊当日の昼過ぎ頃、割り当てられた二人の歩兵が敬礼して「本日は、お世話になります、よろしくお願いします」と家の中に礼儀正しく入ってきた。「お国のためにご奉公、ご苦労様です」と両親が頭を下げた。

その後、鉄砲は仏壇の横に立て掛けられて、丁重に扱われていた。母が二〇歳くら

い の年齢の歩兵二人に浴衣を出し、自宅の木製の風呂に案内した。風呂場では、母は薪をくべて湯加減をみた後、二人の背中を交互にお湯で流していた。

風呂の水は、道路を隔てた井戸の中に、バケツをロープで結び、投げ入れて汲み上げる。バケツ二個に水を溜め、天秤棒で背負って井戸から風呂場に運んで入れた。風呂釜に薪をくべて沸かした。

また、当時は温度計がなく、湯加減は風呂の中に手を入れたり、入浴している人に「湯加減は、いかがですか」と確かめたりしていた。各家庭では、風呂を沸かす日は、親戚や友人を誘い合って入った。

歩兵二人は、風呂上がりに客用の浴衣を着て、その後あらかじめ母が用意していた白米ご飯（私たちは毎日麦入りご飯だった）に、父が作ったタイの刺身やボラの焼き魚でもてなした。

若い歩兵は「近いうちに外地に行きます」とだけ話した。自分の母を思い出したのか、涙を流して家庭の味をかみしめていた。

この歩兵たちの中には、体調がすぐれない人、及び舗装のないでこぼこ道の行軍中に足を怪我した人もいて、村人たちの同情を誘った。また、歩兵の隊列の中心に戦車が一台加わっていた。そのキャタピラの音は遠くからでも聞こえた。その地響きと振動は砂利道を揺るがし、私は家が倒壊するのではないかと心配した。

歩兵が去った後、母は「どうか兵隊さんご無事で、祖国のために頑張ってください」と神棚の前で祈っていた。

栄規（長男）が、昭和一五（一九四〇）年春に外地から復員してきたので、青年団仲間は大変喜んでくれた。入れ代わりに、伝吉（三男）が満州に動員され

村に泊まって戦地に向かう歩兵と戦車。（昭和 16 年頃）

て、満鉄（南満州鉄道株式会社）の機関士になった。

私は昭和一六年四月に、国民小学校初等科一年生に入学した。学校の入り口には、江戸時代の農政家・二宮金次郎の石像があった。昭和一六年三月、墨谷助市、通称「海軍さん」が寄贈したもので、「至誠報徳」と記されている（現在も北潟小学校の入り口に立っている）。薪を背負って本を読み勉強している、その姿を見て勇気づけられた。

私は、家の手伝いは勉強のうちだと思っていたので、店舗の販売に人手が足りず、学校から帰ると売り場に立った。親から販売を任されていた。当時は、年齢に関係なく子供でも、健康な人間は、家で働くことが当たり前だった。

二宮金次郎像

私は味噌、醤油、乾物などの販売で、お客の応対で忙しかった。味噌は天秤での量り売りで、醤油はお客が一升瓶を持参し、私は大樽の元栓を開いて一升瓶に注いで販売していた。一升瓶は何度も繰り返して使用されていた。

小学校で算数を習っており、店の販売品の料金計算は、家族に頼ることなくできた。同級生の女子生徒たちが数人グループで、たびたび醤油や味噌を買いに訪れた。醤油は一升瓶から溢れるほど注いでサービスし、同級生から喜ばれた。

この時代には国策として満州開拓団（満蒙開拓移民団）が編成された。多くの村人たちが新天地を求めて満州へ赴いた。しかし、終戦後に開拓団の若者は、誰も帰って来なかった。その中には同年代で、一緒に山河を駆け巡って遊んだ子供もいて、以前に住んでいた空家の前を通ると、淋しい思いに駆られた。

二　戦時中の暮らし

昭和一六（一九四一）年一二月の太平洋戦争の開戦を機にして、近所の青年男子が次々と戦場に送られた。私は小学校に入学したばかりであった。校長先生は朝礼でグラウンドに生徒を集めて訓示を述べた。「日本は必ず勝つ」と、毎日何度も演説していた。

戦況は有利との「大本営発表」が、ラジオから流れると、放課後に小学生たちは講堂に集められて、教育勅語、モールス信号、手旗信号などを先生から教わった。生徒たちは国のためを思い、率先して放課後にもこれらを暗記して、これまでの楽しみだった遊ぶことを忘れた。

昼食事には、先生と生徒が共に講堂に集まり、正座して全員大声で「箸とらば、天《あめ》地《つち》御代《みよ》の恩恵み、君と親との御恩味わい、いただきます」と唱えて、持参の弁当を食べた。

放課後はグラウンドに出て、ラッパ隊員五名が先導して「進軍ラッパ」を吹き、男子生徒たちは木製鉄砲を肩に掛けて歩む。そんな軍事教練にも、国のためを思い、進んで参加した。

運動会の競技では、四人一組で赤組と白組に分かれた騎馬戦、学年別の棒倒し、並びに相撲が行われた。騎馬戦で三人の上に乗る一人は、軽量で運動神経の発達した生徒が選ばれた。私は常に三人の馬役であった。

太平洋戦争中は、村の男子青年たちが戦争に駆り出されたため、婦人たちは畑や田の仕事のほかに、男子が担っていた野良仕事も担った。三月下旬頃の雪が解ける季節には、枯れ木を集めて薪として、各家庭の納屋の一角に積んだ。この薪を囲炉裏で暖房や炊事の燃料として燃やし、毎日使用されていた。

秋の枯れ葉の落ちる季節には、木の枝を切って集め、冬越しの薪として使用された。この頃の母親たちは、年中働きづめだった。そのためか、母は「毎年同じような仕事の働きづめで、一生を終えるのか」と時々つぶやいていた。母の姿に哀れさと同情で胸が痛くなり、母を楽にさせたいと思った。

戦時中は毎年冬期に、湖表面に厚さ約一〇センチの氷が張った。その氷を割って、藤太郎と二人で夕方に刺網を入れた。翌朝に引き揚げると、フナやモロコ（ワカサギ）が、白い腹を見せて網にかかっていた。魚が捕れ過ぎて、網から取り外すのに半日を要した。母は捕れたモロコを竹串に刺して、コンロの炭火で焼いた。

そして翌朝三時頃に起きて、リュックに詰めて背負い、細呂木《ほそろぎ》駅まで歩いた。そこから金沢方面行きの列車に乗って、途中下車して専業農家に売りに歩いた。冬期、専業農家の通り道は雪深く、交通手段がないため、農民は魚の買い入れが困難であった。フナやモロコの炭火焼きはおいしくて、母が農家に売りに歩くと、心待ちにしている農民は「あなたが来るのを指折り数えて待っていた」と微笑んで迎え入れてくれ、すぐに売れた。

また、専業農家は、雪深い冬期には、情報源や他人との会話の機会に恵まれなかった。それだけに、母親が農家を訪ねると会話が弾み、帰宅は夜九時を過ぎることが多かった。帰途時に積雪の多い日には、家族全員が母を心配して細呂木駅に迎えに行った。

母は囲炉裏で薪を焚いて煮物を煮ていると、疲れているせいか、よく居眠りをしていた。私は母の背中をもんだり、軽く肩を叩くと、「ありがとう、ありがとう」と何度も繰り返した。自分は末っ子のせいか国民学校初等科の高学年まで、母と風呂に入り、背中を流し合った。

私が幼い頃、年に数回、母は石川県片山津の実家に一泊で里帰りした。その時は、置いて行くと寂しがると、心情を心配して連れていったのだろう。途中で片山津温泉に立ち寄り、休憩して風呂に入った。私がまだ幼いため、女湯に一緒に連れていかれた。私は女湯が恥ずかしくて、男湯に駆け込むと、番台のおばさんが男湯に来て、「お母さんと離れちゃだめだ」と、すぐに手を引いて女湯に連れ戻された。

母の実家は専業農家で、手作りの柿寿司（海魚と野菜を柿の葉に詰めた寿司）がテーブルに出された。おなかが空いていたので、夢中で食べると、「食欲旺盛だね、腹いっぱい食べな」と伯母（母の義姉）が微笑んだ。玄関先には大きな柿の木が数本あり、秋に訪れた時には、実家の伯母が、私たちが訪問前に用意した甘柿を布袋に詰めて、「重いけど、持って行きな」と私に渡してくれた。

戦時中は、村から離れた田んぼの外れの土手に洞穴《ほらあな》があり、誰もが恐れて近づかなかった。村の噂では「狐かクマが棲んでいるのではないか」と伝えられていた。好奇心が旺盛な子供たち五人で、「薪を洞穴の入り口に集めて火を点け、煙を穴の中に入れて動物をおびき出そう」と相談がまとまり、実行した。ところが、二時間ほど待っていても、それらしき動物は洞穴から外に出てこなかった。

その数日後、畑の中の芋小屋（畑農家がサツマイモを保存するために、畑の中に穴を掘って、その上に藁葺屋根を乗せた小屋）の持ち主が、サツマイモを家に持ち帰ろうとして入り口を開けた。芋小屋の中を覗くと、ツキノワグマが入って芋を食べていた。

芋小屋は深さが約四メートルあり、ここに人が入るには、梯子《はしご》がない限り降りられなかった。芋小屋の持ち主は家に帰り、竹槍を準備して芋小屋に戻り、男二人がかりで約一二〇キロもありそうな大きなツキノワグマを竹槍で仕留めた。

その後も、サツマイモ畑の食い荒らしが相次いだ。細呂木村に住む狩猟店の家主が、私の父のところに来て、「村人の通報を聞いて、畑にいたクマを仕留めた。大人より大きかった」と自慢話をしていた。父は狩猟店の家主を舟で、水鳥の狩猟によく案内していた。

それ以後、クマは出てこなかったが、私や同級生など子供たちだけで二度目に洞穴を訪れた。土手の草むらの中に、もう一カ所の連結の洞穴が見つかった。中を覗くと何もなく、クマに襲われなかったので、胸をなでおろした。

「クマと喧嘩しても、俺たちに勝ち目はないな」

「日本昔話に出てくる金太郎なら勝てるな」

そんな会話で私たちは緊張がほぐれて、声を出して笑いながら、足早に、その場を立ち去った。

熊が芋小屋に入って芋を食べていた。（昭和 16 年頃）

三　飛行場の開設

昭和一八（一九四三）年春に、芦原駅近くの山林を切り開いて芦原飛行場が完成した。その後、湖の上空を飛行機が飛ぶようになった。遮るものがないことから、約一〇〇〜二〇〇メートルの低空飛行で、早朝六時頃、双発爆撃機が次々と轟音をとどろかせて飛び立った。夕方になると、湖上空を旋回して飛行場に着陸した。この爆音は、村の民家を振動させるほど大きかったが、村人たちは誰一人文句を言う人はいなかった。それればかりか、航空隊員の無事や武勲を祈って毎日「バンザイ、バンザイ」と何度も手を振り、叫んだ。

ある晴れた日、湖の上空約一〇〇〇メートルで待機していたゼロ式戦闘機が、「吹き流し」を付けて上空約三〇〇メートルを飛行する訓練用戦闘機を目がけて、雲の上から急降下し、「吹き流し」に実弾射撃練習を行った。これを見ていた私たち数人の子供は、「戦闘機から薬莢《やっきょう》が落下するぞ」と叫んで、拾おうと落下地点に小舟を急い

飛行場から飛び立った爆撃機が、湖上を低空飛行する。（昭和18～19年頃）

で漕ぎ、追いかけて拾い集めた。

戦況が悪化して、敗戦が濃厚となった頃、椿の実やドングリの実、桑の被覆（皮）、並びに不要金属などの収集が国民学校に要請された。初馬宅の蔵内の金属箱内には、大人一人では持ち上げられないほどの数量の天保銭（江戸時代の天保年間頃の銭貨）が眠っていた。天保銭は国家の要請でほかの金属物と一緒にすべて供出された。

桑の被覆は、戦闘機の胴体に貼ると、敵の弾丸が当たっても燃えないとの理由であった。国民学校の先生方から生徒たちに、桑の被覆収集の協力要請があった。

当時の北潟村では、養蚕が盛んで、桑畑が多く点在していた。生徒たちは放課後に養蚕農家の承諾を得て、桑畑や林の中で桑の皮を剝いで集めた。また、燃料油として椿やドングリの実も山林に出掛けて集めた。この時だけは、勉強よりも、これらの収集が優先された。

昭和一九年夏のある昼過ぎ、アメリカのB29爆撃機六機が編隊を組んで、一万メートルの上空を堂々と飛行雲を引き、本土内陸から日本海に向かって飛行していた。これに向かって芦原飛行場からは、戦闘機が一機も飛び立たなかった。

これを見ていた兵役を免れた五〇代の男性が、道路上を歩きながらB29爆撃機に向かって、「本土上空にアメリカの飛行機が飛ぶようでは、日本は負けだ」と大声で何度も叫んでいた。約二〇〇メートルを過ぎたところで、憲兵隊員が待ち伏せしていて、「非国民だ、何を言うか」と怒鳴って連れ去った。近所の人たちは、口をそろえて「今日まで戦争に負けると聞いたことは一度もなかったね」と連れ去られた男を罵《ののし》っていた。

毎年冬期には、わが家の納屋で草

湖の上空で戦闘機の射撃訓練。（昭和 18 ～ 19 年頃）

鞋や草履を作りに来る四軒隣の家のお母さんがいた。昭和一九年冬、そのお母さんは、次男から便りがないと心配していた。海軍航空隊に入隊していた。

ある日の昼頃に、芦原飛行場から三機編隊を組んだ戦闘機が低空飛行で湖に近づいてきた。そのうちの二機は、湖の中ほどで上空に舞い上がった。ほかの一機は速度を落として、裏山にそびえ立つ三本杉の手前で旋回し、お母さんの自宅上空をかすめて低空飛行した。この後に戦闘機は二回旋回して、翼を傾けて太陽の光で胴体を光らせ、飛行士は窓越しに手を振った。そして、急上昇して三機編隊を組んで雲の中に消えた。

これを見た近所の人たちは、総出で「バンザイ、バンザイ」と叫び続けて見送った。お母さんは、長年育てた自分の息子であったことが、飛行士の手の素振りで分かったと涙を流していた。約一カ月半後に、その飛行士の戦死の報が入った。お母さんの息子二人は、この戦争で帰らぬ人となり、村人たちのいっそうの涙を誘った。

芦原飛行場が建設されてから、空襲に備え、防空壕を作るために、近所の人たちで裏山の斜面に横穴を掘った。終戦間際の昭和二〇（一九四五）年七月一九日夜中の二

村の青年が戦闘機から手を振って別れを告げた。(昭和 19 年頃)

三時三〇分頃、初めて空襲警報が発令され「早く防空壕に入れ、芦原飛行場が空襲されるぞ」とメガホンで叫んで歩いていた防空隊員がいた。

身の回りの物は何も持たずに、防空頭巾を頭に被って、防空壕に駆け込んだ。この時は福井市の大空襲だった。湖の上空をB29爆撃機が赤いライトを点滅させ、円を描くように何度も旋回して低空飛行を続けていた。そのうちに、福井市内の上空に爆弾が投下されて、赤い光が稲妻のごとく揺れていた。しかし、その後も、芦原は爆撃されることなく、静けさを保っていた。幸い防空壕を使用したのは、この一回のみだった。

三本杉は、初馬家の裏山の崖下にそびえ立っていた。三本の杉は同じくらいの太さで、子供五人で抱えても手が届かず、天高く真っすぐに無傷で伸びており、その高さは六〇メートルを超えているように思えた。噂では、樹齢が一千年以上ということだった。時々訪れると、三本杉の中央の根本には、お供物が供えられていた。

この三本杉に雷がたびたび落ちたが、不思議と落雷の被害は一度もなかった。そこで不思議に思って「三本杉に何度も雷が落ちても、被害がなく不思議だ。なぜだろうか」と母に尋ねると、「三本杉に神様が住んでいるから」との単純な返事だった。

　秋から冬にかけて風が吹く時期には、三本杉に風が当たるゴーゴーとうなるような音が家の中まで聞こえた。その後、間もなく地上に風が吹き荒れて、その日の天気予報を知らせてくれた。湖から陸地に向かって吹く風は、やがてわが家を揺るがした。両親と兄たちは、毎朝起きると神棚にお供物をして手を合わせ、今日の無事を祈った。私は三本杉の神様に、夜寝る前は手を合わせて明日の幸せを祈った。

　この三本杉は、福井大震災後の昭和二四（一九四九）年秋頃に、持ち主の手で伐採

子供の頃、住んでいた家の付近の現在の様子。中央の大きな家はお寺。住宅の後方に三本杉が立っていた。当時は大木が茂っており、その裏山の後方に日本海が広がっている。

された。神様が住んでいる大木を建築材料にして、持ち主が自宅を建築して住んだと、その後で近所の人から聞かされた。

姉つまをから、三本杉の話題の中で、その家族全員が次々と奇病を患って倒れ、一家が途絶えたと聞いて背筋が寒くなった。

四　終戦後の食糧難

終戦直後の昭和二〇（一九四五）年秋に、三男の伝吉が満州から復員してきた。私が玄関を出ようと鉄製ドアを開けると、伝吉は国防色の服を着て帽子を被り、リュックにコウリャン入りのおにぎりを竹の葉に包んで背負い、水筒をぶら下げて自宅の玄関前に立っていた。

その夜は家族や親戚が集まり、祝杯を挙げて喜んだ。伝吉の近くに家族が集まり、話が尽きなかった。早く復員できたのは、満鉄の機関士だったのが幸いしていた。

伝吉は帰国後の体力が回復したある日、「巧美、将棋をやらないか」と将棋盤一式をどこからともなく持ってきた。将棋の対戦は初めてだったが、指してみて将棋が奥深いのに興味を持った。その後、時々「将棋を教えて」と、伝吉を誘うと喜んで教えてくれた。本人は満鉄の機関士の時代に、仲間たちと盛んに指したとのことだった。

伝吉は帰国から約三カ月後、海岸の砂浜に小屋を建て、塩の製造を始めた。使用人二人と、海水を桶に入れて運び、釜に入れる。海の裏山で木を切って薪を作った。これを燃焼炉にくべて蒸発させて塩を製造し、専売業者に販売した。私は母親から頼まれて一六時頃に、夕食と翌日の朝食の二食分の弁当を小屋に届けた。

小屋に入ると、水蒸気による湿度と高温で汗にまみれた。「この暑さで、よく我慢して小屋にいられるね」と言うと、「三人で交代して作業しており、海岸の風は涼しい。それに世の中には、塩が不足しているから」と伝吉は話していた。

この塩作りは、伝吉の満州の機関士時代の経験が生かされていた。その一年後に伝吉は、特級ボイラー技士という国家資格を生かした職業に就き、幼なじみの和枝と世帯を持って独立した。いつも笑顔を絶やさず、満州時代の苦難の生活も笑顔で話して、話題が尽きない兄だった。

敗戦後のある日、近所の戦闘機乗りだった青年が、無事に復員してきた。この青年は、木とゴムのパチンコ銃（二股の枝に直径約一〇〜一五ミリの太いゴムチューブを使った手作りのもの）に小石を挟み、スズメやオナガドリなどを狙って放つと、高速度で小石は真っすぐに飛び、必ず仕留めると噂が広まった。

この噂を聞いた村の大人も子供も大勢が、木製ゴムパチンコ銃の名人の後を付いて歩いた。名人は、三～六メートルの距離で狙った獲物を一発で仕留め、付いて来た子供たちに木から落ちた獲物を笑顔で渡した。この様子を見た人たちは、このパチンコ銃名人の命中率のすごさに目を疑った。誰ともなく思わず「射撃名人、すごいぞ！」と叫んだ。戦闘機に乗って、昭和一七（一九四二）年頃から終戦まで戦って生き残った戦闘員の腕前を改めて知らされた。

終戦時の昭和二〇（一九四五）年八月の昭和天皇の玉音放送を村で聞いたのは、ラジオのある一部の人たちだった。

海軍中尉の墨谷さんが昭和二一（一九四六）年春に復員してきた。外地で電気通信分野に携わっていたと聞いていた。北潟村に復員し帰って後、電気配線工事や電柱のヒューズ切れの交換などをして、村民のために大変貢献

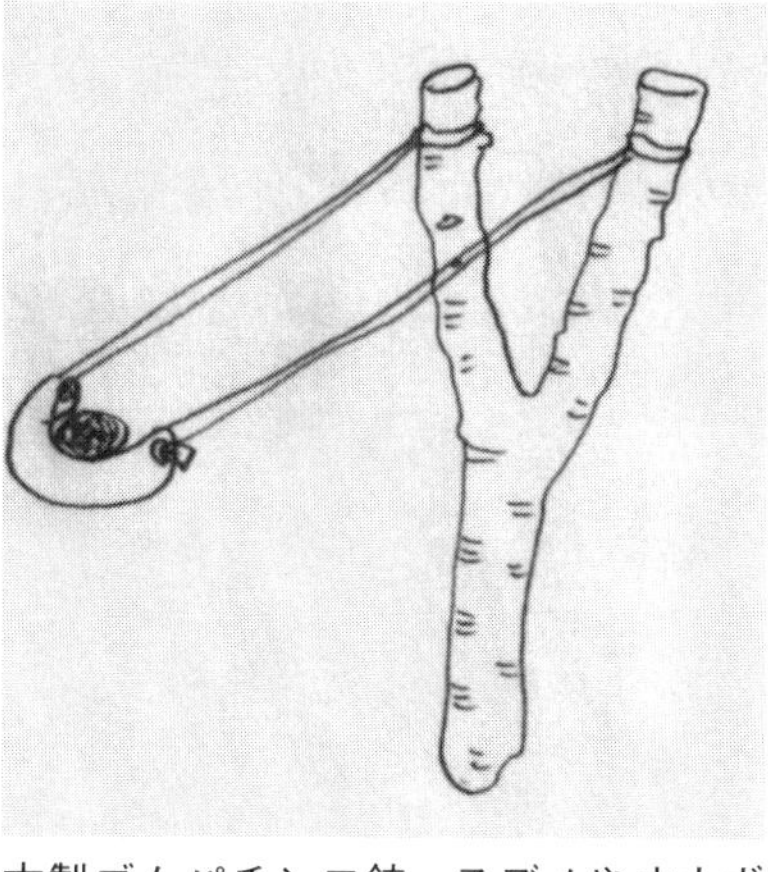

木製ゴムパチンコ銃。スズメやオナガが災難にあった。

した。村人たちは「海軍さん、海軍さん」と呼んで尊敬していた。

その時、村には数軒しかラジオを持っていないことに、海軍さんは気がついた。村人たちもラジオの普及を望んでいた。そこで、各家庭を回り、手作りのラジオを取り付けて普及させた。この頃、村人たちは、野球や相撲などに関心が高く、そのおかげで家族全員がラジオを毎日聞いて楽しむことができた。

終戦直後の昭和二一年頃は食糧難で、せっかく戦地から復員した人たちも食べ物がなかった。そのため、多くの人が山を切り開き、開墾して畑を作り、ジャガイモ、サツマイモ、大麦などを育てた。私も夏休みは開墾に駆り出された。両親や兄たちと総出で山林へ行くが、私は不慣れで、大木の伐採や切り株の掘り起こしで、すぐに疲れが出た。

しかし、開墾中の切り株の上に座って食べる昼食は、おいしかった。自宅の庭で採れた梅干しと、兄が海で捕ってきた海苔で巻いたおにぎりをほおばり、アルミ製水筒のお茶を親兄弟で回して飲んだ。腹が減って夢中で食べた。この時、働くことの尊さと生き甲斐を感じた。この頃の食生活は、米の収穫量が一年間家族が食べるには足りず、お米の中にサツマイモを刻んで入れて焚いて食べた。約六割はサツマイモだった。

私は小学生だったが、学校から帰ると、田畑の仕事に進んで出掛けた。春から夏にかけて日が長くなり、家族は朝五時頃には、田畑の仕事に出掛けていた。私は一人で朝六時頃起きて、湖でフナやハゼを釣ってさばき、母が出掛ける時に、用意していたご飯と共に食べて小学校に出掛けた。

教室に入ると、隣席の女子生徒は私の魚臭い服の匂いに我慢しているようだったが、やがて慣れたようにも思えた。

五　農作業と娯楽

当時は母から「口に入るまでに、米は四〇手以上の人の手間を要するので、一粒たりとも茶碗に残さず食べなさい」と教育された。

五月の田植え時期は、近所の人たちが互いに助け合うことが恒例になっており、私も田植えの手伝いをした。当時は、化学肥料は一切使用しなかった。

田んぼに裸足で入り、苗を植えて進み、五分もすると足にヒルが、多い時には七匹も吸い付き、離れなかった。放置しておくと足から出血して、取り除くには苦労した。また、タニシが田んぼに繁殖して、足で踏んで傷だらけになった。タニシをバケツに集めると、すぐにいっぱいになった。それを家に持ち帰って茹でて殻を除き、煮付けにして皆で食べて腹の足しにした。

田んぼの草取り時期には、穂が実るまでに二回手入れを行った。稲穂が実ると、イナゴが大量に繁殖した。イナゴは茎を食べて稲を枯らすので、手で捕獲して袋に入れ、持ち帰って処分した。秋に刈り取った稲は、対岸に舟で運び、垣根を作って乾燥させた。

その後、電動機械により脱穀・精米を行った。この時代は電力不足だったため「毎週火曜日は電気休み」で、昼間は電灯も動力もすべて止められていた。そのため、父は「火曜日は電気休みだ」と、電動機械の使用の予定を先送りしていた。

畑作業の中で手数を要した作業は、たばこの葉の生産だった。日本専売公社（現JT）の委託を受けて、春に苗を畑に植えたが、茎の成長が早く、大人の背の高さまで瞬く間に伸びた。この葉を虫が食べるので、家族で約一週間ごとに虫取りに出掛けた。夏期になると太陽が畑に照りつけた。その反射の中での虫取り作業は蒸し暑く、そのうえ衣類や手足に、たばこの葉のヤニがついた。洗濯機が普及していなかった時代なので、洗濯板を利用して衣類を手で洗う作業に苦労した。

また、たばこの葉の乾燥は、乾燥小屋に入れた後、二昼夜に亘り家族全員を動員して交代で作業を行った。乾燥窯に薪をくべ、乾燥小屋内の温度を調節する作業が待っていた。昼夜続けて薪を燃焼炉にくべるので眠ることができなかった。

終戦後の村民の楽しみは、村を挙げての恒例の相撲大会や、素人のど自慢大会であった。日曜日には、小学校の校庭や神社の広場などで盛んに行われ、村人たちは大勢押しかけた。懸賞金を目当てに、復員してきた若者が参加した。子供も大人も見物して楽しんだ。

特に相撲の優勝者には、見物客の子供も大人も「大統領、大統領」と連呼して祝福した。素人のど自慢大会では、男女や年齢に関係なく歌の好きな人たちが、当時の流行歌や民謡を披露した。優勝者と準優勝者には、主催者からお米や賞金が与えられた。

また、毎年訪れる漫才師や浪曲師が、休日の夕食後に、広い住宅を借り切って演芸会を開催した。村人たちは入場料を払って大勢集まった。父は浪曲が大好きで、前列に陣取って聞き惚れた。大きな笑い声が会場に響き渡った。

六　福井大震災

昭和二一（一九四六）年の秋頃、井戸から湧き出る飲料水の中で飼っていたコイ五匹が全部死んだ。井戸に鉄分を多く含んだ地下水が湧き出たのが原因だった。近所の人たちは、この井戸から湧き出る水は飲めなくなった。

一方、約五〇〇メートル離れた別の井戸には、清水が溢れ出ていた。毎日バケツを持参して、徒歩でそこへ水汲みに行き、運ぶのは重労働だった。住民は井戸水の異変を不思議に思っていた。また、昼間私が、ミミズを餌にして湖でフナやハゼ釣りをすると、小さなウナギがよく釣れた。

大地震の約一年前の昭和二二年夏頃には、震度三程度の地震が頻発しており、夜中に数回発生して飛び起きた。

震度六を記録した福井大地震（この地震の被害の激しさを契機に、気象庁震度階級に震度七〈激震〉が新設された）当日の昭和二三年六月二八日、私は学校から一三時頃に帰ると間もなく湖で泳いだ。この日は曇り空で、一五時頃に自宅に戻り、二階に上がって部屋の窓を開け、小型テーブルに教科書を広げて復習をしていた。そのうちに、うとうとして眠った。両親と兄嫁の三人は、納屋で大麦の脱穀中だった。長兄の栄規と藤太郎は、海に漁に出掛けていた。

私が二階で寝ていると、一七時一三分頃（当時はサマータイムが実施されており、現在の時刻では一六時一三分）、ゴーッという轟音とともに、家が激しく横に揺れて目が覚めた。頭上から壁が落ちてきたので、すぐに横の階段から一階に下りようとした。ところが、埃で階段が見えなくなった。そこで、約三メートルの高さだったが、窓の前に広がる畑に無意識に飛び降りた。そこはキュウリ畑で、幸い大きな怪我をせず、右手の関節脱臼だけで済んだ。その後、われを忘れて急いで竹藪に逃げ込んだ。家の前の砂利道は液状化現象で、道路の割れ目から噴水のごとく泥水を噴き上げていた。

幼い頃から母親に、「地震が発生したら、地盤が固くて揺れの少ない竹藪に逃げろ」と教えられていた。また、戦前の小学校の「修身」の教科書に地震と津波の教訓例が載っており、先生から教育されていた。

その内容を要約すると、「ある村の村長さんが、火の見櫓下の小さな家に住んでいた。早朝に地震が発生したが、村人はほとんど気がつかなかった。この地震は下から突き上げるような地震で、これまで経験したことのない揺れだった。そこで、村長は火の見櫓に上って水平線を見た。すると、水平線上に白い線の盛り上がりが現れた。津波が押し寄せると思った。そこで、半鐘《はんしょう》を激しく打ち鳴らし続けた。

村民は驚いて火の見櫓の前へ続々集まった。村長は集まった村人に『一人残らず全員を早く集めろ』と激しく怒鳴った。村長の話すことだからと信じ、村人全員が集合した。そこで、村長は『津波がすぐ来るから全員裏山へ早く登れ』と命令した。村人はすぐに山へ登り始めると、間もなく大きな津波のうねりが次々と村を襲い、村全体を飲み込んだ。村民は裏山に登ったので、怪我人もなく全員助かった」という物語だった。

この「修身」を習ったのは、国民学校初等科の二年生頃だったが、すぐに思い出された。また、親からの「地震時の心がけ」もある。このことで、幼年時教育の大切さを知らされた。

地震が発生して間もなく、竹藪に大勢の子供たちや近所の母親たちが集まってきた。

しかし、父親と義姉は竹藪に来なかった。私は探しに出ようとしたが、道路の液状化や陥没箇所が多く、余震が続いていた。私より後に竹藪に来た母から「竹藪から出るな」と強く引き留められた。その夜は眠らずに朝を迎えた。翌朝に納屋に行くと、父と義姉の二人は、麦の脱穀中の状態のまま、棟柱《むなばしら》の下敷きになっていた。即死であったろう。母と私は、余震が続く中で、ただ呆然とたたずんでいた。

栄規は海へ漁に出ていたが、大地震を知って直ちに戻る途中で、倒壊家屋の下敷きになっている村人を見つけ、助け出すために、青年たちに協力していた。また、その途中で隣家の地石家の小学生を、倒壊した家から助け出した。藤太郎は地震の発生時に海の漁から戻ってきたが、帰り道で倒壊家屋から人のうめき声を聞いた。その家の中に閉じ込められた人々を一晩中探し、「助けて、苦しい」と叫ぶ人たちを倒壊中の現場から次々と助け出した。

そして怪我人を、近くのお寺の本堂に背負って運んだ。この時間帯は夕食の仕度前で、これが幸いして、村からはボヤ程度の火災が発生したが、全焼の家屋はなかった。

すぐに近所のお母さんたちが怪我人をつれてお寺に集まり、応急処置を行った。翌日の昼頃には、福井県内から医師や看護師が数人到着して、お寺で治療や手当てに参加した。藤太郎は地震発生の翌昼頃まで、寝ずに怪我人の捜索と救助に当たった。その後、家族のいる竹藪に帰ってきた時は、病人のようにひどく疲れており、何も食べずに泥まみれの服のまま寝てしまった。私は右手の脱臼で済んだが、痛みが続いた。

地震発生の夜は、西の空が時々赤い光を放ち、絶え間なく震度三〜六の余震が続いた。地

福井大震災で倒れた鐘楼。（『開湯芦原 100 年史』より）

震発生から二日目に、雨が降りだした。倒壊した家の中の衣類は、濡れて着られなかった。また、家の中にうもれた米俵は濡れて膨らみ、精米済みの米が袋から飛び出し、全部カビが生えて食べられなかった。

三日目には、大阪や京都方面から古着が送られてきたが、食料の援助はなかった。この頃は、米が不足しており、村中で精米された米は雨に濡れ、どこの家の米も食べられなくなった。そこで、ジャガイモと湖の魚で命を繋いだ。地震発生後の翌日には、村人たちは畑にジャガイモを掘りに行き、大きな鍋で蒸かして、近所の人たち全員で一緒に分け合って食べた。

当時、次兄の武治は、国鉄（現ＪＲ）石川県松任《まっとう》工機部勤務であった。地震から二日目に武治の勤務先から、五名の国鉄職員が建築道具を携えて、細呂木駅から徒歩で来られた。倒壊住宅材を使用して仮設住宅を二日間かけて建てた。そのおかげで雨風をしのぐことができたので、家族一同大喜びであった。

この地震発生時期は初夏で、夜中に肌着がなくても過ごせた。また、湖ではフナ、コイ、ボラなどの川魚が地震の影響で浅瀬に集まり、タモですくって容易に捕れたので、村人たちと分け合って飢えをしのいだ。

地震発生当日の六月二八日は、生徒が全員下校しており、学校内での人的被害はなかった。翌日六月二九日から七月三一日まで小中学校は臨時休校であった。八月一日からは、大破した中学校専用校舎を修理して、午前と午後の二部授業を開始した。その後、テント教室及び村役場の間借り授業もした。昭和二四年三月に裏山を削って整地作業を行い、二階建ての新校舎が震災復旧補助金を使ってようやく竣工した。平常通りの授業が行えるようになったのは、地震発生から三年後の昭和二六年頃であった。

地震発生の翌日六月二九日は、小中学校は休校であった。グラウンド横の竹藪では、シラサギやアオサギが群れをなして集まって騒ぎだした。これらの鳥は、それまでは木の上に巣を作っていた。木の上は揺れが大きく、竹藪の地上は揺れが少ないことに鳥は目をつけて、竹藪の茂みに産卵した。

近くの住民はこれを知ってバケツを持って竹藪に入り、卵を持ち帰り、近所の人たちと分け合って食べた。私たちもこの噂を聞いて、産卵場所に駆け付けた。しかし、卵の殻や白いフンが散乱していたが、卵はなかった。竹藪の頭上では、シラサギやアオサギが慌ただしく鳴く声が響き渡っていた。

地震発生の六月二八日から一〇月頃まで、主食はジャガイモの自給自足の日々が続いた。また、入り江では長さ約一〇～二〇センチのボラが群れをなしてのぼってきた。私はそれを網で堰《せ》き止めて、タモでボラをすくって、家に持ち帰って食べた。

また、山から湖に流れている川幅約五メートルの湖の入り江では、水深約五〇センチのところに三〇～五〇センチ間隔に二カ所穴があるのをみつけた。私は両手をそれぞれの穴に差し入れると、三〇～六〇センチのナマズの頭と尾びれが手に触れた。頭の方をつかみ、畔《ほとり》に放り上げた。これらの穴を見つけ出して、捕れる日には一時間で三～五匹のナマズを捕まえて家に持ち帰って焼き、近所の人たちにも分けて食べた。

その後、お米を含む食料品は無償配布されるようになった。

父と兄嫁の二人が急死して、母は涙を流していたが、泣き暮らしている余裕はなかった。地震後二日目から多忙な日々が続いた。母は主食のジャガイモを鍋に入れて茹でたり、約五〇〇メートル離れた井戸から、バケツで水運びをし、苦労の連続だっ

郵便はがき

料金受取人払郵便

新宿局承認

3971

差出有効期間
2022年7月
31日まで
(切手不要)

1 6 0-8 7 9 1

141

東京都新宿区新宿1－10－1

(株)文芸社

愛読者カード係 行

ふりがな お名前		明治 大正 昭和 平成	年生
ふりがな ご住所	□□□-□□□□		性別 男・
お電話 番 号	(書籍ご注文の際に必要です)	ご職業	
E-mail			
ご購読雑誌(複数可)		ご購読新聞	

最近読んでおもしろかった本や今後、とりあげてほしいテーマをお教えください。

ご自分の研究成果や経験、お考え等を出版してみたいというお気持ちはありますか。

ある　ない　内容・テーマ(

現在完成した作品をお持ちですか。

ある　ない　ジャンル・原稿量(

名				
上 店	都道 府県	市区 郡	書店名	書店
			ご購入日	年　月　日

をどこでお知りになりましたか?
書店店頭　2.知人にすすめられて　3.インターネット(サイト名　　)
DMハガキ　5.広告、記事を見て(新聞、雑誌名　　)

質問に関連して、ご購入の決め手となったのは?
タイトル　2.著者　3.内容　4.カバーデザイン　5.帯
の他ご自由にお書きください。
(　　)

についてのご意見、ご感想をお聞かせください。

容について

バー、タイトル、帯について

弊社Webサイトからもご意見、ご感想をお寄せいただけます。


力ありがとうございました。

寄せいただいたご意見、ご感想は新聞広告等で匿名にて使わせていただくことがあります。

客様の個人情報は、小社からの連絡のみに使用します。社外に提供することは一切ありません。

た。道路は水没箇所が多く、開通に手間取っていた。

福井大震災で吉崎村から芦原町までの県道は遮断されて交通は止まり、北潟村は孤立した。一〇月から福井県は大規模な道路改修工事に着手した。これまでの家屋が立ち並ぶ旧道を避けて、湖岸に沿った全く新しい道路が昭和二五年八月に完成した。この道路は、昭和四六年に県道から国道三〇五号線に昇格した。

村人たちの中に多数の死者が出たが、火葬場が山の中にあり、道路の陥没で使用できなかった。そのため、死体は火葬場近くの山中の広場の一カ所に集められ、合同で火葬にした。多くの村人たちが参列して、村のお寺の住職が総出のお経で、村民は亡骸を見送った。

家族で倒壊家屋内を捜索して、金庫は無事に探し出した。しかし、取引先の書類などは見つからなかった。

父と義姉の命日から数えて四九日間、母は、青野菜や穀物などの精進料理以外、動物性の肉・魚類は一切口にしなかった。

第三章　体験は得難い財産

一　学びと療養

昭和二二（一九四七）年四月、一三歳の私は中学校に入学した。担任の先生は国語が専門で、一年から三年まで国語を習った。

終戦後一年七カ月が経過し、担任の先生は、生徒たちの教育に熱心で厳しかった。生徒が教科書に集中していないと、先生は何度も「ことわざ」などを例に挙げて、勉強の必要性を訴えた。先生の教えを二つ取り上げる。

「心ここにあらざれば、見えども、見えず、聞けども、聞こえず、食らえども、その味を知らず」

「一心岩をも通す」である。

中学二年生になると、担任の先生は生徒たちに「高校進学か就職かを早く決めなさい」と判断を迫った。私は中学校に入学した時から、三国高校卒業生の先輩（後に京都大学教授）を見てきたので、「三国高校に進学を決めます」と先生にお願いした。

すると先生は、「お前は、小学校の時から中学一年まで遊んでばかりいた。しっかり勉強しないと、受からないぞ」と言われた。

これまでを振り返ると、小学校から中学校まで、家の仕事の合間に遊んでばかりいたので、先生の言われた通りである。「これから、しっかり勉強します」と答えた。

そこで、小中学校の遊び仲間で、同級生だった林君に「自分は三国高校に進学を決めているが、君はどうするんだい」と話すと、林君は「三国高校は通学に便利だから、俺も三国高校に決めたよ」と言い、意気投合した。

林君とは、小学生の頃から湖では釣りをし、海では潜ってアサリ捕りによく出掛けて遊んでいた。中学二年になると、約一五〇メートル離れた林君宅に出掛けて一緒に勉強した。三国高校の受験科目は、国語、社会、数学、理科、英語の五科目であった。福井大震災が昭和二三年六月に発生したが、自宅は一一月に同じ敷地内に家を建てた。

その後自宅で、昼間時は震災の後始末などで勉強をする機会があまりなかった。私が夜遅く勉強していると、母は体を心配して、「勉強は体に良くないから、早く寝なさい」と口癖のように言う。そこで、母が寝た頃を見計らって、寝床に電気スタンドを持ち込んで勉強した。その効果があってか、三国高校に二人とも合格した。この時代から六・三・三制の学校制度が敷かれた。昭和二五（一九五〇）年四月に、林君と新制高等学校に入学した。

通学経路は、自宅から芦原駅まで約五キロを歩き、さらに芦原駅から電車に乗って三国駅に到着。高校はここから、さらに徒歩一〇分の高台にある。片道約二時間を要した。林君は、自宅から芦原駅までは自転車で通学した。私は自宅から芦原駅まで、毎日往復約一〇キロを徒歩で通学した。

芦原駅から北潟東の自宅までの国道三〇五号線は、トラックが頻繁に通るため、晴れた日には水はけのよい畑道を選んだ。この徒歩通学は、英語の単語の暗記、及び体力増強に役立った。土砂降りの雨天時には、幹線道路を走るトラックが上り坂道にさしかかって雨に濡れた自分を見掛けると、定期便の運転手が「助手席に乗りなさい」と優しく車を止めてくれたこともあった。その好意に甘えて時々乗せてもらい、自宅前で降ろしてもらった。

同級生で、北潟村から芦原駅まで徒歩の男子通学者は三人いたが、その中で、私が最も歩く距離が長かった。帰りが遅くなり暗くなると、通学路は林や畑で人家がなく、外灯もないので心細かった。

高校普通課に入学時、担任の先生は生物学を担当していた。私はこれまで家の手伝いで自然と向き合ってきたことから、動植物に興味を持っていた。生物学の時間は、楽しく勉強することができた。また、英語担当の先生は、自宅近くの寺の住職である。幼い子供の頃から母に連れられて、住職のお寺にお参りに行った。その時に、四〇分ほどのお経と一〇分ほどの説教を聞いた。この時の説教で、人間の生き方を教えられた。その後、大きな鍋で温めた甘酒が配られるのが恒例だ

子供の頃、おまいりに訪れたお寺。

った。母は「お寺にお参りに来るのは、甘酒がお目当てか」と、ニコニコ笑って私に話し掛けた。その後も、欠かさず母とお参りに参加した。それで、先生とは顔見知りだった。

通学中に英単語の勉強をしていたので、「優」の成績が得られた。先生は卒業時に「巧美君は、通学路でよく単語の勉強をしていたね。私は通勤バスの中から見ていたぞ」と努力を褒めてくれた。

高校の商業科のそろばん課目は、選択科目になっていたので、普通科の生徒も選択でき、一年間受講した。暗算は得意だったが、そろばんの読み上げ算では「君は間違いが多いね」と、そろばん担当の先生から指摘された。一学期の成績は「可」だった。これには理由があった。

福井大震災時の腕の脱臼の後遺症で、そろばんの練習をすると、右腕に腫れが時々出たので、そろばんの練習中は、手と指の動きが悪かった。そこで、珠算実務検定四級の試験日が迫った数日前に、大震災の時の怪我で世話になった接骨院で、関節や指のリハビリを受けて、実務試験に臨み、合格した。

一年未満での珠算実務検定四級合格者は珍しかったらしい。体育館の掲示板に、自分の名前が掲示されていたのを見た時、嬉しさが込み上げてきた。担任の先生から「よく練習していたね、珠算検定合格、おめでとう」と褒められて、予想もしなかった「優」をいただいた。

体育課目の先生は、実技のサッカーが得意で、体育教科の中で多くの時間をサッカーが占めた。当時は、サッカー競技は今ほど盛んではなく、私は聞いたこともなかった。毎日往復約一〇キロ歩いて通学しており、脚力には自信はあったが、スピードがなかった。サッカーの授業時間は二時間あったので、三〇分も走ると疲れが溜まって、歩くのが精一杯だった。

昭和二八（一九五三）年、高校三年の秋が近づくと、生徒たちは学校推薦で就職試験を受けに行った。その後、就職の内定通知や大学進学合格発表が、次々と体育館の掲示板に張り出された。生徒の中には、農業や漁業の跡継ぎ、及び商店や旅館の後継者が多くいた。大学進学はまれであった。

前にも書いたように、私は自然の中で生活していたので、動植物が好きだった。魚の仲介業者からは、水産大学を勧められた。学校の得意科目から、担任の先生の判断で、福井県立養蚕試験場の採用試験を勧められて、受験することになった。学科試験と面接試験があり、合格した。

ところが、高校卒業して数日経過した後、養蚕試験場に勤める前に、腹痛が続き、動けなくなった。近くの医院の院長に往診に来てもらい、診察を受けた。しかし、原因がつかめずに、痛み止めの注射を打ってもらったが、痛みは治まらなかった。自宅前の初馬家の奥方が心配して毎日見舞いに来て、「あの医者は信頼できない。このまま放置しておけない。早く病院に連れていきなさい」と母に強く進言した。

腹痛が始まってから食事もできなく、飲みものを飲んでもはいてしまった。その後、一週間が経過しても熱が下がらず動くこともできなかった。藤太郎が、青ざめた私の顔色を見て、「大聖寺の江沼病院に入院しよう」と叫び、夜中にタクシーをすぐに頼んで向かった。

江沼病院の医師は、腹部の症状を見て、「盲腸が化膿しており、破裂寸前だ。どうして今まで放置していたのだ」と母に怒鳴った。すぐに手術室に向かい、その場で手術をした。

当時は化膿止めの治療薬がなく、手術後毎日盲腸が膨らんで膿みが出続けた。これが完治するまで入院期間は約三カ月を要した。医師は退院時に「君は、この世に縁があったね、君は運がいいよ、命拾いしてよかった」と嬉しそうに話された。

医師に何度も頭を下げた。涙が止まらなかった。就職予定先の福井県立養蚕試験場の内定は、入院時に母から辞退を伝えてもらっていた。

福井県立三国高等学校（平成 12 年度）
会員名簿より

二　上京と体験

次兄の武治は、戦時中から福井大震災を経て昭和二七（一九五二）年頃まで、国鉄職員として石川県の松任工機部に勤めていた。その後、東京に永住先を求めて、王子駅近くのゴム工場に転職した。私は、盲腸の手術後、経過がよく、昭和二八年七月には完治した。

その後、武治の住む東京で私も就職することを、あてもなく決心した。母は心配して上京に同行した。当時は、その日の夜行列車で、昼頃に細呂木駅を出発して車中一泊し、翌朝九時頃上野駅に到着した。王子駅近くに武治の勤務先のゴム工場があり、その棟続きの宿泊寮に到着して落ち着いた。母は武治の寮に約五日間滞在して、私を心配しながら、一人淋しく故郷に帰っていった。

それから就職先探しに奔走した。約一週間が過ぎた頃、武治の寮の近くを職探しに歩いていると、電気工事店の前に「電工見習い住み込み募集」の貼り紙があるのを見つけて、店に入った。その日の面接後、すぐに住み込みで就職することができて、ほっとした。先輩二人が見習いの私を、住宅や工場の電気工事作業の助手として迎え入れ、工事現場で親切に教えてくれた。

日曜日以外は毎日、朝六時に起床して食事をすませて自転車に乗り、現場の目的地に着いた。一番年配の先輩は「朝も早よからよ、カンテラ下げてよ……」と、常磐炭坑節を歌いながら自転車をこいだ。私もすっかり覚えて歌いだすと、先輩たちも喜んで一緒に歌って、自転車のペダルを踏んだ。毎日約一時間以内の住宅や工場の工事現場に出掛けて働いた。そして夕方、午後六時頃には、店に戻ってくるのが日課になった。

夕食後の午後九時には、店長の指示で電気を消して寝た。六畳一間が三人の居間、食堂兼寝室であった。食事は店長の奥方が担当していた。毎日早朝に、自転車の荷台に豆腐やシジミの箱を載せた青年が「トーフ・トーフ・アサリ・シジミよ」と叫んで店の前を歩いて通った。この豆腐屋の青年から、奥方は豆腐とシジミを買って、毎朝食の味噌汁に出してくれた。副食には、焼き魚が出された。

朝食は、白いご飯が食べられるのがありがたかった。昼食は、奥方が三人分の弁当を持たせてくれた。夕食は毎日、主食にうどんが出されたが、私と同年配の一人は、食べ盛りで競争して食べた。年上の先輩は、遠慮してあまり食べないうちに、うどんの鍋は底をついた。年上の先輩は「もう、うどんがなくなったのか」と嘆き、夕食時に腹いっぱい食べられなかった。

この電気設備工事の仕事は適していたのか、私は迷いなく仕事に打ち込むことができた。

電気工事店に住み込んで約一年が過ぎた頃の日曜日、店の近くの大正大学前を散歩していた。不動産屋で、賃貸アパートの「空室あり、入居者募集」の貼り紙が目に留まった。この賃貸空室の三畳一間を、蓄えた金で借りた。電気工事店には、電気の勉強を深めたい旨、店長と奥方を説得したところ、店長と奥方は「体に気をつけて頑張ってね、将来を期待しているよ」と、一カ月分の退職金とともに笑顔で送り出してくれた。

その後、直ちに新聞の求人募集広告を見て、大手の電気工事会社のT電気工事株式会社の面接を受けた。その結果、日当で雇用された。当時は、銀行や商店街など小規模ビルの建設ラッシュが続いて人手不足だった。電気工事の仕事は多忙を極め、朝早くから夜遅くまで働いた。昭和二九（一九五四）年一二月に、M銀行練馬支店の建設工事現場で電気工事を任された。

一二月も年末間近に迫り、建設中の電気工事現場で朝から夜遅くまで働いた。会社の現場監督から「君は陰日向なく、よく働くね。名は体を表すというが、君にはこの仕事は向いているね」と、過分なお褒めをいただいた。また、私が休憩時間にも電気関係の勉強を熱心にしていたのを見て、「私の母校の東京電機大学で勉強したら」と勧めてくれた。

その数日後に、現場監督から受験当時の参考書を二冊いただいた。そして毎日仕事の合間に、受験勉強をして合格した。

三　実験と学友

昭和三〇（一九五五）年四月、東京電機大学入学と同時に武治と二人で、滝野川の八畳一間に台所付きの部屋を借りて同居した。私のアルバイトの稼ぎは、アパート間借代、学費、食費のほかに、専門書代などを払うと、月末には残らなかった。

お金が不足した時は、武治に背広を借りて、質屋に持っていった。服装から貧乏学生に見えたのか、質屋の番頭は「勉強、頑張れよ」と励ましてくれた。背広は新品同様の高い値段でお金を貸してくれた。

学科の講義では、最前列中央に陣取ったが、一時間目が始まると、日頃の労働の疲れで、すぐに寝てしまった。講師にとっては、最前列の中央で寝られては教えづらかっただろう。同期生で入学時から親友の園田君は、「お前は、いつも一時間目は、よく寝ているね、今日はいびきをかいていたぞ」と呆れ顔で、一時間目の講義メモを、休み時間に見せてくれた。

丹羽保次郎学長の交流理論は、体験談を交えた講義で理解しやすかったうえ、穏やかな人柄に惹かれた。丹羽先生はテレビ普及時代の先駆者だった。

三年生になると、憧れていた電気基礎実験の課目が始まり、五人一組の電動力実験では、仲間が増えて楽しい日々が続いた。学生アルバイトで電気工事を学び、学校では実験を学ぶことができたので、一石二鳥だった。だが、土曜日は疲れが蓄積して夕食後はすぐに寝た。その後何も食べずに、翌日曜日の夕方に武治に起こされて目が覚めることもあった。二四時間通しで寝て夕方起きたので、このことを武治から聞いて驚いた。

また、学校裏の錦町食堂の常連になった。毎日同じ汚れた学生服を着て定食を注文すると、店員のおばさんは「毎日夜遅くまで頑張っているわね」と、ご飯を大盛にしてサービスしてくれた。

卒業時の成績証は、思ったより上位の成績で、昭和三十四年（一九五九）三月に無事に卒業することができた。大学卒業後に、電磁機器学専門で担任の先生から「君は単位不足で、卒業はお預けだ」と言われた夢を時々見て、飛び起きて目が覚め、胸をなでおろしたのを思い出す。

卒業後は、園田君を含めた実験グループの四人で、毎年春と秋に一、二泊の国内旅行を楽しんだ。当時の実験中の失敗談、及び日頃の仕事上の喜びや悲しみを語り合った。お酒が回ると「同期の桜」や「若鷲の歌」などを腕を組んで歌った。

園田君の生まれは北海道で、幼少の頃に両親と東京に出て来た。家庭は裕福で、学生時代から自動車を運転していた。卒業後は父親が勤務していたS航空機整備会社に就職した。

その後、米国にたびたび出張して、現地の技術開発の様子などを、現地から手紙で知らせてくれた。また、父親が米国の航空会社との取引がある関係上、園田君は学生時代から父親と米国によく出かけ

学友と黒部平にて。左から２人目が筆者。３人目が園田氏。

て英語の勉強を続けており、英語が堪能だった。

第四章　前向き人生は幸運を生む

一　放送管理と仲間

　東京電機大学卒業を昭和三四（一九五九）年三月に控え、就職先を考えていた時、大学在学時代にアルバイトでお世話になった電気工事業を営むS電業会社のN氏から「銀座に放送局のスタジオが建設された。専門技術者一名が不足しているが、就職しないか」と誘われた。そこで、N氏と現地に行ってみることにした。

「この放送局のスタジオは、一年前に電気工事のアルバイトで施工経験があるよ」と答えると、N氏は、「丸さん、『人間いたるところ青山あり』だね、ここに縁があるようだから働いてみるか」と言われた。

　そこで、経営者と直接面談すると「君はテレビ放送機器の設置状況を把握しているし、ぜひ働いてほしい」と、即決で採用された。N氏の自宅にお礼の挨拶に行くと、笑顔で「専門技術の習得は、理論より経験だね」と励ましてくれた。

　仕事の内容は、テレビ放送用周波数変換装置の運転、並びに電力設備や機械設備の管理運営などである。所属担当人員は、電気技術者三名と機械技術者三名の合計六名であった。この中の電気技術者三名が交代で、周波数変換装置の運転を担当することになっていた。この装置は、テレビ映像を鮮明な映像で各家庭に送れるように、電力会社から送られている電源周波数五〇ヘルツを正確な変動のない周波数六〇ヘルツに変換する定周波定電圧電動発電装置であった。

この装置は、放送とリハーサルの時間を含めて、一日に一〇～一三時間は運転されていたが、予備がないので故障すると、自動運転を手動運転に切り替えられる。しかし、テレビ放送中は停止ができないため、重要な役目を担っていた。

また、この装置には、電源用真空管が約三〇〇本以上使用されていた。この真空管部品は、現在の半導体部品の高寿命に比べて、高価なうえに寿命が短く、予備は最小限しか持たなかった。そこで、「在庫に該当の故障真空管がない」と経理課に申し出ると、「秋葉原電気街に至急行って、買ってきてください」と言われて、直ちに出向いて現金買いをした。また、この装置が故障すると、自分たちで放送が終わったのちに点検修理を行った。そのため、修理が終了するまで夜寝ずに二日間を要することもあった。

テレビ放送の歌番組では、藤山一郎の「青い山脈」「長崎の鐘」が歌い続けられていた。また、ペギー葉山の「南国土佐を後にして」などが流行していた時代で、録画番組に生出演しているのを見学できた。自分も歌手になった気分で、一緒に口ずさんでいた。一日の放送時間は、朝一〇時から二三時頃までが多かった。

当時の山手線は、二三時三〇分が終電であった。そのため、アパートに帰れない日が続いた。そこで、翌日勤務のない日には職場に泊まって、翌朝早く帰ることにした。また、職場の余暇を利用して、先輩のS氏と、碁石を握り「五目並べ」をよく打った。

このゲームは一定の規則はあるが、基本的には五個の碁石を碁盤の目に沿って、先に直線状に五個並べた者が勝ちであった。三〇分で五番も対戦ができるので、頭脳の訓練には役に立った。S氏に五回対戦して、勝てたのは二回程度であった。ローテーションで会う時は、S氏は世の中の動きや経済に詳しく、五目並べの対戦中に過去の体験談を、ユーモアを交えて聞かせてくれた。

Ｓ氏は、戦時中に潜水艦の内燃機関長として乗り込んでいた。「レイテ沖海戦で潜水艦は沈没したが、救助船に助けられた」。その後に、二度目の召集令状が来て、再び潜水艦に乗った。終戦間際に「太平洋上で敵駆逐艦の爆雷で撃沈されたが、二度目も生還できた」という。二度目の生還要因を、次のように話した。

潜水艦から緊急時の脱出方法を、艦長は出港前に全乗組員を徹底的に訓練していたので、潜水艦の沈没時、乗組員は潜水艦から迅速に脱出できた。艦長は沈没時に、「艦内の負傷者を手当てするから、自分は艦内に残る。君たち若者は生きて、日本再建に励んでくれ」と言ったという。

その最後に残した言葉に感動した。

また、仕事の休憩中にＳ氏は、過去の経験から「丸さん、何事も徹底的に打ち込めば、必ず運が開けるぞ」と時々励ましてくれた。

昭和三四（一九五九）年七月に「ハハ　ヨノ　キトク」の電報が長男栄規からアパートに届いた。急いで武治と二人で故郷の母の元へ戻った。脳梗塞であったが意識があり、にっこり笑って手を握り、「よく来てくれたね、忙しいだろうに」と話した。その翌日には、病院に行くことなく、自宅で息を引き取った。六八歳だった。

毎年夏には帰郷していたが、その翌日には東京に戻ろうとすると、「もう帰るのかい、もう一泊したら」と引き留められた。未練が残って、母が可哀想だと思いながら故郷を離れた。私が幼少の頃は、母は丈夫で病気をしたことがなかった。その姿を常に見ていたので、涙が溢れて止まらなかった。

母の生前には、近所に住んでいた娘さんが自宅に来て、母の面倒をよく見てくれていた。武治と幼なじみで、三歳年下の好子であ

法事で集まった親戚の人々。

った。母の死後、その年の秋に武治は好子と結婚した。好子は上京して二人で世帯を持ち、独立して赤羽に住所を構えた。

私は一人で北区滝野川のアパートの二階の四・五畳間を借りて引っ越した。数カ月後、その部屋の隣に、新婚さんが引っ越してきた。台所は共同使用で、隣の新婚さんの旦那とは気も合い話が弾んだ。将棋好きでもあった。私の部屋に、時々将棋を指しに来た。最初は三番対戦して、すべて私が勝っていた。

その後、将棋の素質があるのか、徐々に彼の棋力が向上して、二番対戦していつも一勝一敗だった。私が仕事の都合でアパートに帰らない日は、今度は奥さんに将棋を教えたとのことで、共同炊事場で会うと楽しく話してくれた。普段は仲の良い夫婦であった。

ある日の夕方、大きな声で奥さんが、いきなり窓を開けて「バカー、バカー」と怒鳴り、将棋盤と駒のすべてを二階の窓から、表の道路に向かって投げ捨てた。銭湯がアパートから約三〇メートルの所にあり、普段は人通りが多かった。

この日もアパートの前を多くの人が歩いていた。銭湯帰りの人たちは、何が降ってきたのかと、驚いて足早に走り去った。喧嘩の原因は、奥さんが負けず嫌いなのに、旦那は「勝負に真剣になり過ぎて勝ってばかりいて、相手が妻であることをすっかり忘れていた」としきりに反省していた。

私のアパートから放送会社への交通手段は都電で、西巣鴨駅で乗って、巣鴨駅で下車し、ここから山手線に乗り替えて有楽町駅で下車した。有楽町駅から目的の職場まで徒歩で約一〇分を要した。

ある日、朝帰りに数寄屋橋を通り、有楽町駅近くを歩いていた。当時、裏通りに朝日新聞社印刷工場があった。その反対側に東京都電気研究所の建物があり、玄関入り口に業務案内が置かれていた。電気博物館の展示場を見学しているうちに、この電気技術なら世の

建設当時の東京都電気研究所。(『電気研究所四十年史』より)

中のためになると思った。数日後に、毎日新聞紙上で東京都技術職員の採用試験の広告が掲載されていた。この就職試験までに約三カ月しかなかった。

そこで、仕事を終えた後、職場の宿泊室を利用し、学生時代の教科書や参考資料で勉学に励んだ。その結果、筆記試験と面接試験ともに上位の成績で合格した。

昭和三六（一九六一）年四月から翌年の三七年三月までの一年間、昼間は勤務しながら、夜間は東京電機大学電機学校テレビ技術科に通学した。テレビの原理、構造、配線回路などの講義を受講した。その後、配線、部品の名称、並びにテレビ受像機の故障対策などの実習まで受けた。その結果、テレビ受像機の製作上の概要などが理解できた。

この時代は、モノクロテレビ受像機が一般の家庭に普及する前だったので、自分の部屋に工具と部品、及び測定器などを買い込んで、テレビ受像機やラジオなどの組み立て製作に取り組んで楽しんだ。

親戚や友人に、テレビの完成品を持っていくと、「テレビ受像機は、大手企業で製造するものだと思った」と驚かれると同時に喜ばれた。当時のテレビ受像機は、画面が白黒のブラウン管の時代で、セットの部品をかき集めて、準備に半日間、自宅で組み立てに約一日を要した。その頃は一四インチ型テレビが主流であったが、自分で製作して完成品を友人に届けるには、重くて持ち運びに苦労した。

この実務経験は、その後の電気技術分野の応用面で役に立てたと、今でも思っている。

二　仕事と環境

昭和三六（一九六一）年八月、東京都の職員になった。配属は労働経済局で、偶然にも電気研究所と工業奨励館の統合などに伴う東京都立工業技術センターの建設計画の仕事であった。これは、東京都北区西が丘に約一万坪（約三三〇〇〇平方メートル）の敷地を確保し、これに試験研究機関（電気・機械・金属・化学・工芸など）を統合する計画であった。この建設計画に約二年間携わった。

建設計画では、先輩二人と同僚一人に、私を加えて四人が担当した。事務的なことは初めてで、先輩二人から内容を教えてもらった。同僚の三縞育雄氏は事務能力が抜群にあり、仕事上のことは何でも親切に教えてくれた。私よりも二歳下だった。

先輩の一人は電気部門の出身で、油絵を趣味にされており、数多くの展示会に出展していた。ほかの一人は事務職種で、「さくら草」の栽培に打ち込み練馬の約五〇〇坪（約一六五〇平方メートル）の敷地内に、さくら草が植えられていた。時々、日曜日に同僚の三縞氏と二人で手入れの手伝いに訪れた。

昭和三八（一九六三）年四月に、東京都電気研究所の用品試験部に、専門技術者の増員が必要になり配属された。主な担当業務は、一般家庭に身近なコンセントやスイッチなどの配線器具、ドリルなどの電動工具、並びに医療機器や家電製品など、広い分野の電気機器の安全な使用方法、製品の性能の向上、並びにその改善点などの相談に応じることである。職場は三階の一角に位置して、都内中小企業などの事業所から電気用品の規格試験の依頼が多かった。

電気研究所は四階建てのビルで、当時はこれより高い建築物が付近になく、屋上から東京湾が一望できた。同僚とビルの屋上に上がり、「このビルから東京湾が見える。東京は広いな、数寄屋橋はすぐそばだ」と思わず叫んだ。

実験設備は充実していたが、計測機器の取り扱い、並びに規格試験方法を習得するのに時間を要した。独身の身軽さで、電車の中やアパートで夜遅くまで勉強した。また、先輩の指導、並びに実務経験を重ねて、実務知識を得ることができた。

担当分野は、配線器具、小形電動機、電気製品などの規格試験、成績書作成、及びこれらの技術相談などである。事業者の技術相談では、電気製品の依頼内容に沿って、前向きに対応して感謝された。

その中には、雑誌社「暮らしの手帖社」編集長、花森安治氏がいた。花森氏から時々、家電製造の数社の洗濯機などの性能検査や、安全に長時間使用できるかの調査などの依頼があった。約一週間の連続運転による耐久試験などでは、六人のメンバーが交代で行った。

昼休みは、メンバー数人で数寄屋橋付近の食堂で昼食を済ませ、近くの映画館（ピカデリー劇場）の広告、朝日新聞社印刷工場の新聞広告を見たり、時々開催される将棋名人戦の大盤解説などを見学することができた。

電気研究所ビルの裏通りでは、秋から冬にかけて、焼き芋などをリヤカーに積んだ屋台が売りに歩いていた。屋台販売人は二時〜四時頃に、笛を鳴らしてビルの通りに近づいてきた。用品試験部の職員が、籠にお金と「芋五個」とメモを入れて三階から紐で吊り下げた。販売人は、つり銭と芋を籠に入れて「ＯＫ」と手を挙げ、この合図で籠を吊り上げた。残業時などに分け合って食べて腹を満たした。

大形電動機の評価試験では、地下実験場内が狭くて入れないことがあった。ある時、地下入り口前で依頼試験を数人で実施中、所内の電源設備容量が不足したため、所内は一時停電した。その後、電源設備の故障原因をつかみ、異状なく回復した。突然予期せぬ停電に驚いて、すぐ上司に頭を下げて、お詫びをした。上司は叱ることなく「再発防止に励んでくれ」と逆に激励された。

有楽町東口の飲食街は、木造二階建ての建物が並び、居酒屋が入っていた。この居酒屋は、夕方から賑わっていた。特に金曜日の残業の帰りには先輩や同僚と静かな飲食店に立ち寄って食事をしながら、その日の試験方法や測定データの検討会を開いた。お互いに親交を深めて、次の週の仕事への弾みがついた。

職員を対象に年一回（二〜三日間）、教養研修会が都内研修会場で実施された。その中で、人との応対や礼儀作法、並びに日常の生活習慣病予防など、グループで実践的討議を行った。これは過去に経験したり、日常生活で起こりうることで、勤労生活を行ううえで、いかに大切であるかを再認識できた。

三　実験と開発支援

昭和四三（一九六八）年二月に、東京都電気研究所が有楽町から北区西が丘に移転した。昭和四五（一九七〇）年一二月に、東京都立工業技術センター（以下、試験研究機関）に改称された（現在は東京都立産業技術研究センター）。建屋は約三万三千平方メートルの敷地内に建設された。

試験研究機関では私の異動がなく、名称は変更されたが、電気機器部に配属された。担当分野の重電機実験棟で、最新の実験設備が導入され、拡充が図られた。

都内や近県には、多くの中小企業の生産拠点が

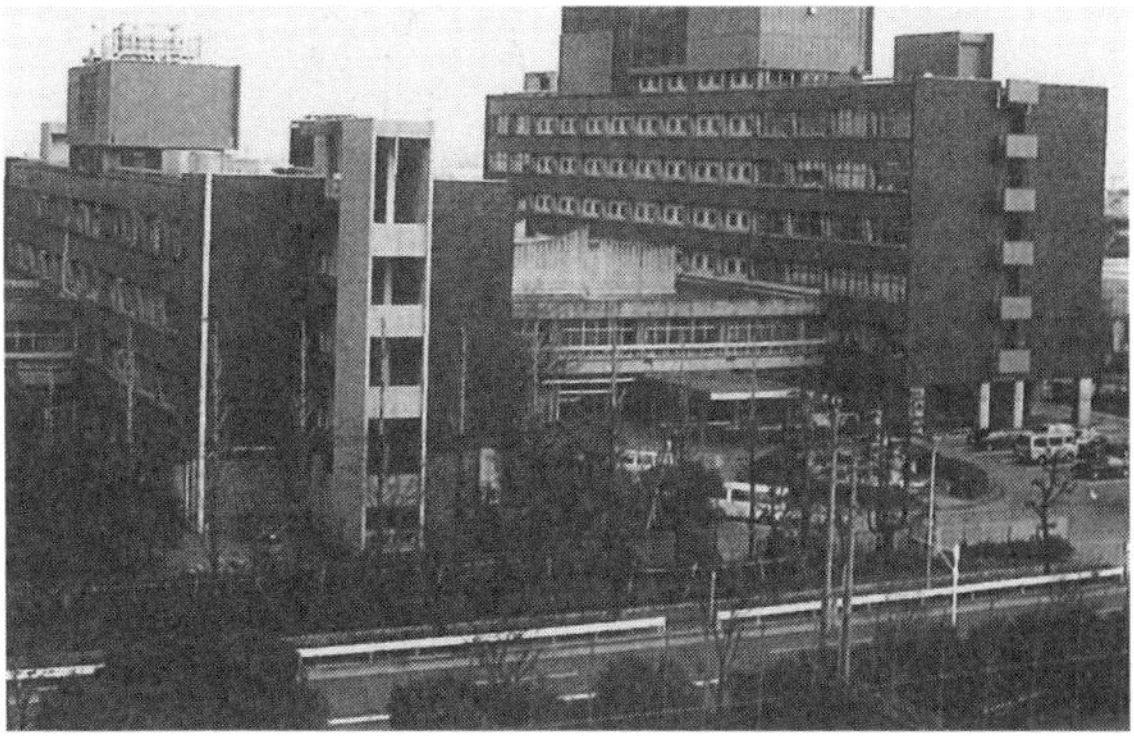

都立試験研究機関の当時の建物。（『都立工業技術センター二十年史』より）

あった。重電機実験棟には電動機、変圧器、クレーンなどの搬送機械、並びにポンプやブロアなどの流体機械などが、都内や近県の事業所などから多く持ち込まれた。これらは、主として新製品開発、及び故障修理に伴う製品の性能検査や安全性検査などの依頼試験が多かった。

毎日依頼者の応対や、多くの種類の試験や検査に追われた。また、中小企業の業務の発展に役立つことが要求された。この頃は、特に新製品や新技術開発などの技術相談が多く寄せられ、夜遅くなるまで実験やデータ整理に追われた。

受託試験では、電動機やインバータ（電

依頼試験品の搬入。

電動機の分解作業中。

動機の回転数を変える装置）の新製品開発のための性能評価試験、並びに製品の運転中の温度測定など、各種試験運転を長時間行った。これらの各種試験では、電動機や発電機の騒音が大きく、耳鳴りが続いた。

専門医を訪れて「夜も耳鳴りが続いている」と話したところ「君は職業病だよ、一週間この仕事を休みなさい」と言われた。しかし、予定実験期限が迫っていたので、休むことなどできなかった。何とか無事にこれらの実験が終了した。

重電機実験棟の前にて。（後列左が筆者）

実験が終わったその日は金曜日で、上司の関忠雄氏から「完了のお祝いに、行きつけの十条銀座の居酒屋に飲みに行かないか」と誘われた。久しぶりにビールを飲んだ。「カラオケでも歌うか」と関氏が歌いだした。その後に、「古賀政男作曲の人生劇場を歌うか」と、同時に二人でマイクを持ち、腕を組んで歌いだした。関氏は演歌が大好きで、聞き惚れているうちに時計を見たら、終電の一五分前だった。急いで最終電車に飛び乗って、帰宅に間に合ったのも楽しい思い出の一つである。耳鳴りは体力の回復とともに約一週間で治まった。

関氏から、私の作成した試験報告書などを厳しくチェックされて、納得のいくまで何度も修正させられた時代があった。それが、今日の仕事上、大変役立っており、感謝している。

都内や近県から、運搬困難な大形電動機や取り外しが困難な設備（ポンプ、ブロア、エレベータ、並びに大形電動機など）の現地出張の性能評価試験などの申し込みも多かった。そこで、庁有車に測定器を積んで、事業者の現地に出向き、対応した。事業所からは、感謝されて励みになった。

中小企業対象の講習会は、主として座学と実習で

訪問者との打ち合わせ会議中。（右が筆者、そのとなりは関氏）

ある。毎年の長期講習会は延べ約五一時間をかけて、新技術や新製品などの講義、及び現場技術者に即した電気技術の習得を目的として、実験室で電気機器やその応用製品の実験が実施された。座学は職場の主任研究員、大学工学部教授、及び企業の技術部門管理職などで構成された。また、夜間実習は電気機器の基礎実験などで、可能な限り研究員全員で対応した。特に実習では、依頼試験に来所された実務経験の豊かな人たちが多かった。

本講習会は、企業の即戦力を養ううえで役立ち、研究員と実習生は、楽しい雰囲気に包まれた。また、休憩中に「自社では、食品の自動機械を開発したよ」などと開発製品を、実習生同士で紹介し合う人たちも多くいた。この講習会により、企業の発展に繋げることができた。実習生の中には、高度な専門技術の知識を持った人材が多くいて、さらなる未知の領域の挑戦に真剣に取り組んでいた。

これらの中小企業の人たちが、わが国の高度な技術立国の礎を築いたものと確信している。

職場では、多くの研究テーマの中から二～三年間に一テーマの計画を立てる。中小企業の技術者から必要とされる研究テーマが採用された。また、毎年一回、研究発表会が開催された。研究員は依頼試験の合間を利用して研究を重ねた。研究発表会が近づくと、夜遅くまで職場に残って実験やレポートの整理に没頭した。

この研究発表会の質疑応答から得た研究課題は貴重で、再実験を行って確認した。私はその後に、電気学会専門委員会の研究発表に繋げることができた。

電動機実験装置

四　現場の省エネ支援

工場を訪問しての省エネルギー診断では、私の担当分野の電気機器の試験・研究から得たノウハウが生かされた。日本で初の「省エネ診断専用バス」が、当試験研究機関に導入された。

この頃、当時の鈴木俊一都知事が出席してテープカットが行われた。専用バスには、省エネ測定機材一式（データ・ロガ、サーモビュアー、デジタル電力計、記録温度計など）約二〇点が搭載されていた。この省エネ診断バスで、生産工場に出向き、現状の電力・ガス・重油など各種エネルギー使用量を作業行程ごとに測定記録した。その測定結果を解析して、生産設備の工程改善などを企業と共に検討した。

省エネ診断専用バス。鈴木俊一東京都知事（当時）がテープカット。（『東京都工業技術センター二十年史』より）

電力使用量の多い鍋・釜などの鋳鉄製品、及びカメラのレンズ製品などの製造業では、電力容量の大きい電気炉や恒温恒湿槽が数多く設置されていた。この検討作業の結果、企業の工場長は「設定温度の緩和や運転時間の短縮が可能になった。省エネ測定データから、工場の生産設備は無駄が省けて、電力量が約三五パーセント削減された」と、工程改善などの結果を喜んでいた。

また、クレーン、コンベアなど電動力設備、並びにポンプ、ブロアなど流体機械などへの設備導入では、「電動力設備の省エネ診断時に指示されたインバータを取り付けた結果、約五〇パーセントの電力量が削減された」と、担当者は、設備改善結果を喜んでいた。

これらの省エネ事例は、研究発表会などで発表した。また、事例集を作成して、若手現場技術者向けの講習会を開き、さらに現場技術者と討議して好評だった。

技術経営交流会（『東京都工業技術センター二十年史』より）

五　小笠原父島に出張

昭和四六（一九七一）年六月から約三カ月間、小笠原父島に出張した。島内に多数設置されていた発電機、電動機、並びに船舶電機などが塩害などにより故障が多発したため、その故障修理などの現地指導が任務であった。同僚の三上和夫研究員と二人で竹芝桟橋から、数人の職員に見送られて出張した。

当時の小笠原丸は五〇〇トンの小船で、片道五四時間の長旅だった。帰島する島民や私たちの食料・衣類などを積んで、竹芝桟橋を朝一〇時頃、約一〇〇〇キロメートルの船旅に出発した。私たち二人に、三階建ての船の最上階の一室が割り当てられた。

東京湾を出港して間もなく、低気圧が発生して、船は木の葉のように揺れた。大波の間に船が挟まれると、波は船内から遥かに頭上に見えた。「昼食時間が来たので、食事に行きましょう」と三上研究員を誘ったが、彼は目を閉じたままで動けなかった。その後、食事の放送が何度も流れたが、船内の約二〇〇名の乗船者のうちの、食事に参加したのは一〇名に満たなかった。

沖ノ鳥島を過ぎて、ようやく風が収まった。小笠原父島の二見港に到着すると、多くの島民が出迎えに来た。二見港には乗船者名簿があり、それで私たちが来るのを知ったらしく、その夜に歓迎会が行われ、郷土の歌と踊りが披露された。

三上研究員は、背が約一八〇センチと高いが、体が細い。二日間何も食べられなかったので、いっそうやせ細って心配したが、翌日には回復して元気になった。私は子供の頃から船に乗る機会に恵まれたので、食事はとれたが、今までに経験したことのない高波で、船が転覆するのではないかと心配した。

翌日から島内に設置された発電機、電動機とその関連施設、並びに船舶の電気系統の安全対策に関する検査と修理を始めた。

父島は周囲が海に囲まれた小島で、六月は高温多湿で蒸し暑かった。父島の設備担当職員が、午前中に米国製のジープで電力設備の設置場所に案内してもらい、発電機などの運転状況を視察した。その後、発電機などの測定や点検作業を行い、不良個所の測定・点検や修理作業を行った。

晴れた日には午前中に、二人で船の電気系統の点検・修繕作業を行った。その船の漁師さんから「トローリングに行かないか」と誘われた。トビウオをぶつ切りにして釣り針に付け、二本の竿を船尾に垂らす。船から餌までの距離は約五〇～六〇メートルに保って海原に流した。船長は船の速度を時速約三〇キロメートルに保ち、釣り竿を引っ張った。

父島とほかの島とを結ぶ海峡は、渦を巻いて流れており、カツオの群れがいた。二本の竿を海に入れたらすぐに、約六〇センチの大物が食い付いて五匹釣った。その後、時間に余裕があったので、今度は流れの緩やかな岩場に船を止めて、船長から「手釣りでキンメダイを狙おう」と案内された。水深約三〇メートルに糸を垂らすと、すぐ当たりがあった。

釣り糸を引き揚げていくと、急に軽くなったので不思議に思った。太陽に照らされて赤金色に輝く長さ約三〇～五〇センチのキンメダイが、口から空気袋を出して釣り糸に連なった。船長は水深が約三〇メートルと教えてくれたが、海の底まで透明で、魚の群れが移動するのも見ることができた。

また、別の日、駐在中の東京都立水産試験所の職員から「今夜は、カメの産卵を見学しないか」と誘われた。その日は闇夜であった。残念ながらカメの産卵には出会わなかったが、おびただしい数のカエルの出現に驚いた。

小笠原島では、映画が一週間に一回上映された。朝食には、毎日魚の味噌汁が出された。三上研究員は「また、魚の味噌汁か」と嘆いていたが、私は魚料理が好きで、食事には満足していた。夜間は高温多湿で「毎日蒸し暑いね、エアコンが欲しいね」と二人で、ないものねだりで不満を漏らしたが、そのうちに眠りについた。その頃は、冷房代わりの排気ファンのみの運転で、寝苦しい日が続いた。

小笠原島出張は、当初二月の予定だったが、こちらの

小笠原父島、山頂にて。

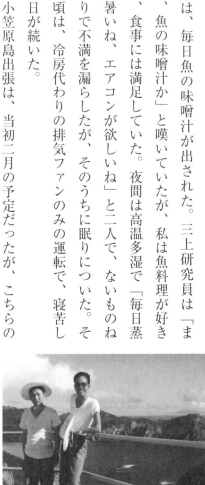

都合で暑い季節の六月に日延べしたためだった。本土への帰りは、小笠原父島の海上に三〇〇〇トンの近畿日本ツーリストの観光船が停泊していた。この船に乗って、名古屋港に到着し、新幹線で帰途についた。

小笠原父島、作業現場にて。

六　親和会と体育会

昭和四六（一九七一）年四月、職員の懇親を目的にする「親和会」の中に、趣味の将棋クラブを同好会の人たちと相談して発足させた。

昼休み時間は、同僚と「挟み将棋」や「まわり将棋」を指し、それによって昼休み時間の楽しみが増えた。その後、将棋仲間が増えるにつれて仕事の潤滑剤にもなり、職場の将棋大会が年二回、土曜日の午後の退庁時間後などに開催された。昼休み時間や職務終了後の会員同士の将棋対局は、仕事上の思考力を養ううえで大変役立った。

昼休み中の将棋対戦と観戦者。左が筆者。

また、親和会での東京都他局間との将棋大会は、東京・将棋会館などで、夏期有給休暇を利用して毎年二回開催された。対戦中の仲間が疲れて「ポカ」をすると、観戦者の一人が興奮して「コノ、イシアタマ。コノ、ウスラトンカチ」などと冗談で野次を飛ばすと、対戦仲間と反対の観戦者が「これで将棋が面白くなったぞ」と言い、観戦の仲間たちを笑わせた。

ある日、東京都局間交流の親和会将棋大会が、東京・将棋会館で開催された。その中で、プロ棋士との交流試合が行われた。日頃の昼食後の短時間の対局と違い、当然ながら棋士との対局は、実力に大きな開きがあっ

昼休みの将棋対戦中。左が筆者。

た。

観戦者の中の一人が「プロは強いな」と叫んだ。先ほどプロ棋士と対戦して負けた職員は、「棋士は将棋でめしを食っているからな、勝って当たり前だ」と悔しがった。観戦者は全員が同時に、首を縦に振ってうなずいた。

私は当時、大山康晴一五世名人から、詰将棋と次の一手の指導を受けており、アマ将棋五段の資格を得た。その記念に大山一五世名人から「夢」の色紙を頂戴した。今でも大切に額に入れて掲げている。


またある時、親和会文化体育会の水泳大会に、職場の希望者を募ったことがあった。私は子供の頃、湖や海で泳いでいた経験から、水泳大会に参加を申し込んだ。そして四人一組、四〇〇メートルの自由形競泳に参加することになった。仕事を定時で終えた日は、職場近くの室内水泳練習場に立ち寄り、四人で練習していたが、毎日仕事が多忙で、練習は十分にできなかった。

本番では、各事業所から七組が出場した。私は泳者四人のうちの二人目であった。

一人目は二位で通過し、二人目の私は三位で、どうにか三人目に繋ぐことができ、役目を果たしたように思えた。しかし、三人目が一〇〇メートルの中ほどを通過したところでスタミナが切れて、元来クロールの泳ぎが、平泳ぎになった。

応援団は驚いて「頑張れ、頑張れ、もう少しだ、クロール、クロール」と声援を送った。だが本人は最後まで平泳ぎのままで終えて四番手に繋いだ。トップから大きく引き離されていた。四番手は、この水泳大会では実力ナンバーワンと噂されていたが、三番手が大きく離れ過ぎていたので及ばず、結局最下位に終わった。

大山15世名人からいただいた色紙と、様々なトロフィー、カップ。

千駄ヶ谷体育館での私たちの競泳は、予選で敗退した。しかし、今となっては、これも楽しい思い出となっている。

七　新製品の開発支援

昭和六一（一九八六）年頃は、新製品開発のための技術相談や依頼試験が多かった。

その中で、飛行機の電装品製造のS会社の開発担当者が、アメリカ製の小形ジェット機のスクラップから取り出した冷凍冷蔵庫用小形モータ（出力約二五ワット）を二台持参して、相談にみえた。相談者は、「これと同じ回転数の大形電動機の新製品を開発したい」との強い協力要請であった。その理由は、「日本も将来、ジャンボジェット機時代の到来時に、冷凍冷蔵庫が大形になるので、大形高周波電動機（出力〇・七五キロワット）が要求される」とのことであった。

そこで、高周波電動機の設計の単行本を本屋で探しまくったが、高周波電動機（四〇〇ヘルツ）の本は見当たらず、手探りの状態だった。それならと、この電動機を分解して調査した。

その設計仕様を基に、S会社の開発担当者と設計した。これを基に下請業者で試作した。その後、何度も設計変更して重電機実験室にて性能評価試験を繰り返して行った。その結果、製品開発に目処《めど》が立ったかにみえた。

しかし、S会社では「ジャンボジェット機は上空を飛び、零下五〇度の低温度に耐えられる条件の電動機が必要だ」との要求がなされた。そこで、試作電動機を恒温槽で、低温度（零下五〇度）に下げた直後、直ちに恒温槽から取り出して負荷運転を行ったが、電動機は軸受が凍りついていた。

「なぜ、電動機が動かないのだろう」と試行錯誤の後に、軸受のグリスの改善に焦点を当て

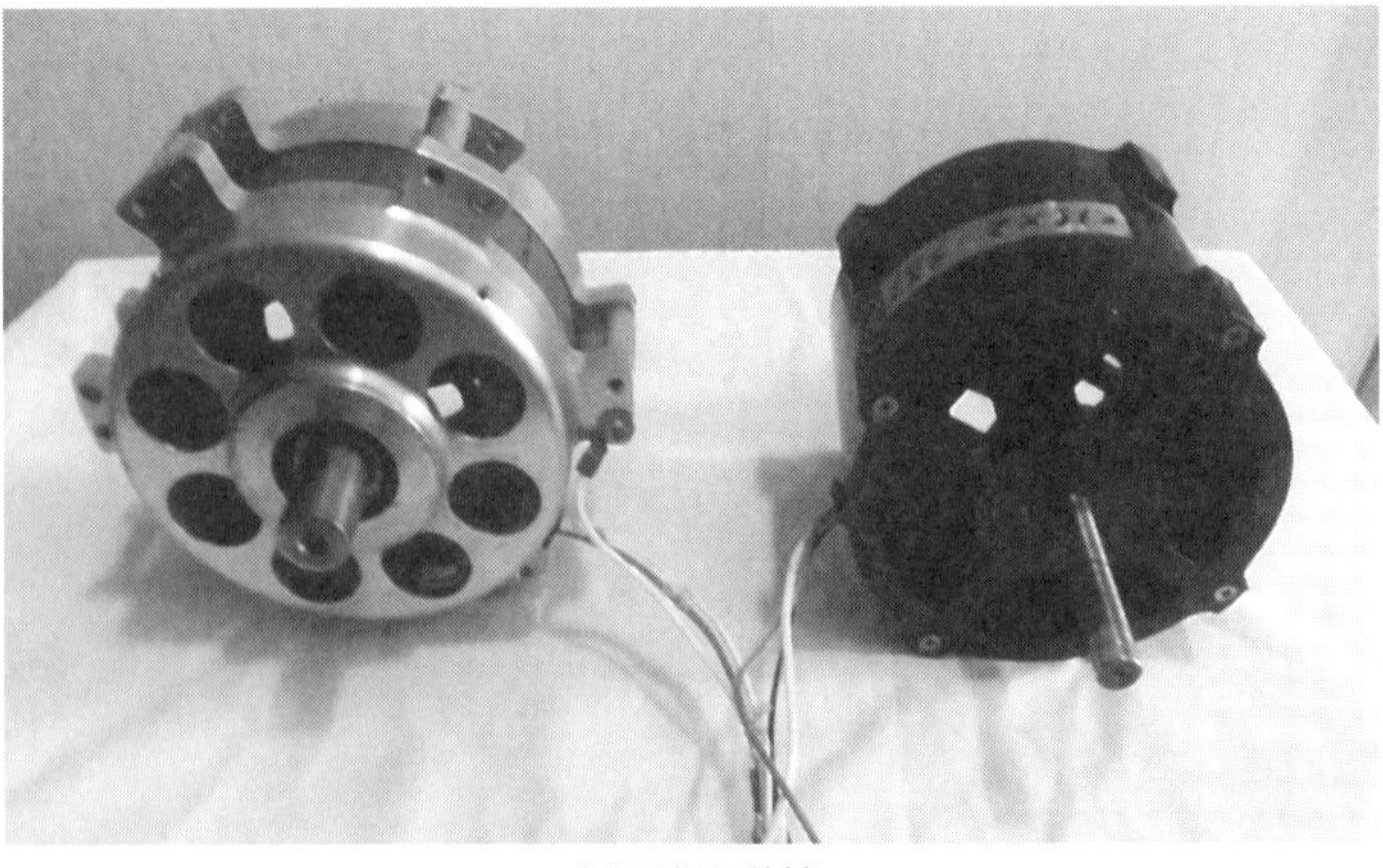

高周波電動機

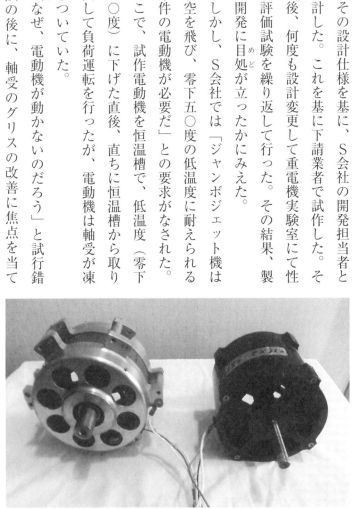

た。グリスの専門業者に依頼して、低温度に強いグリスの開発を行ってようやく問題が解決した。その結果、性能評価と安全性の特性試験を繰り返して、高周波電動機が完成した。その後、何度も耐久試験などを経て、ジェット機搭載の大形冷凍冷蔵庫の使用が可能になった。

私にとっては、電気学会調査専門委員会の発表テーマが得られて、一石二鳥だった。

八　小形モータの委員会

小形電動機は種類が多く、あらゆる分野の動力源に使用されていた。生産設備を支える産業の「コメ」と呼ばれていた。しかし、小形電動機は規格化されておらず、生産者、及び消費者にとって混乱を招いていた。

そこで、電気学会では、小形電動機調査専門委員会を立ち上げることになった。神奈川工科大学のA氏から「幹事をお願いします」と指名を受けた。委員長は神奈川工科大学のA氏とし、幹事は慶応大学のS氏と私の二人で、計三人で立ち上げた。

委員会のメンバーを募り、国立・私立一三大学、大手メーカー八社、並びに大手ユーザー三社が集まった。委員会は二カ月に一回、主として委員会参加の各大学、大手メーカーなどで開催された。開催場所は大学、大手メーカーなどの会議室が利用された。また、研究発表会は、年二回、一泊二日で開催された。

研究発表会では、開催大学の学生も多数参加した。特に学生からの質問は新鮮で、回答に困ることがあり、勉強をさせてもらった。研究発表論文には、優れた実験に基づく発表が多かったが、中には、コンピュータによる解析のみで、内容がお粗末な研究論文もあった。

幹事二名で、開催場所の選定、研究発表者のスケジュール作成、並びに発表者への連絡など、本来の仕事以外の用件でもあり、多忙な日々が続いた。また、年二回開催の電気学会研究発表会が催されたが、委員長と幹事はここでの発表論文の提出が必須の条件だった。この発表論文の作業は、家に持ち帰り、日曜日の休みを返上して無給で取り組んだ。

電気学会研究発表会

平成三（一九九一）年一一月に琉球大学で開催。発表後の夜、上里勝実先生の紹介で懇親会を持った。郷土料理を食べ、民謡や踊りなどを見学して楽しんだ後に、「阿里屋《あざとや》ユンタ」などの沖縄民謡を、楽器に合わせて参加者全員と地元の人たちで歌い踊ったことは、一生忘れられない思い出だった。

電気学会発表後の論文は、電気学会回転機研究会資料として、研究発表会ごとに予稿集を二冊作成した。また、小形電動機専門委員会で合意を得た内容について、電気学会から『小形モータの分類と試験法の現状』などを発行

電気学会研究発表会後に訪れた首里城入口にて。中央が筆者、右が琉球大学上里先生。

した。成果として、小形モータの単行本を、電気学会小形電動機調査専門委員会編として各委員の協力を得て発行することができた。

第五章　継続は力なり

一　生徒と共に学ぶ

東京都立技術専門校（現東京都立職業能力開発センター）の講師の任期は、平成七（一九九五）年四月から平成一二（二〇〇〇）年三月までの五年間の契約だった。

専門校は、担当主任の先生が受け持たれていた。その中で、私の講師としての主担当分野は、電気機器の講義と実習だった。また、電気工事の担当補佐も務めた。午前中が電気機器の講義、午後は電気機器の実験、及び電気工事の実習である。生徒数約四〇名で二〇代が中心、女子生徒も含まれていた。

午前中の講義は、電気の基礎知識であった。生徒たちは個人的には能力差が大きかったが、比較的熱心に聴講していた。講義に飽きてくる時間帯には、実務経験の浅い頃の私の失敗体験などを話すと、笑顔が見られ、よく聴いてくれた。午後の実習前は、生徒たちが作業着に着替えてペンチやドライバーを持って作業準備をしていた。

電気機器の実験では、五人一グループで作業と実験を行い、その後に生徒個人でレポートを作成した。その中で、電気工事作業・電線の接続方法・計測作業などでは、怪我のないように注意深く見守った。講義と実習の教材は、担当教師と講師が共同で作成して、生徒たちにコピーして配布した。

夜間のビル管理科の授業では、講義と実習を挟んで休憩を取り、全体で三時間を一人で行った。ビル管理科の生徒は四〇～五〇代と幅広い年齢層の社会人であった。生徒は電気工事士、またはビル管理士の資格取得、並びに電気技術を身につけ、将来は電気技術者として、ビル管理業務に転職を目指す人たちが多かった。働きながら学ぶ意気込みが感じられた。こちらも、講義と実習の教材は、講師が作成して、生徒にコピーで配布して行った。

専門校の各担任教師は、担当分野のスケジュールの作成、及び講義や実習の参考教材の工程資料などを提供してくれた。その中には、生徒を教える立場で情報提供や細かなアドバイス事項も含まれていた。

私は講師の合間に、技術士事務所の仕事もしていたので、スケジュール的には多忙な日々が続いた。講師生活の五年間は、得意の実技と実験ができたので、楽しく短く感じられた。この講師生活は、人とのふれあいがあり、電気分野を系統的に学べて、有意義に過ごすことができた。

ある日、ビル管理科の生徒で、銀行員のＩさんから「二年後に定年を迎えるので、電気工事士の資格を取り、ビル管理方面に再就職したい」との相談があった。また、「今の仕事は事務系で、電気のことは、電球の取り換え程度しか知らない」と話した。

そこで、過去三年間に出題された第二種電気工事士の学科試験の試験問題を具体的に回答して、本人の住所宛に郵送した。その後、電話でやり取りして受験に臨んだが、不合格だった。今度は、やさしい電気数学のコピーを郵送して、電話で何度も質問に答えた。こうして試験に臨んだ結果、Ｉさんは試験に合格した。

次の実技試験では、私は判定員として参加していたので、今度は模擬実技試験が行えるように、予想試験問題集と模擬実技材料一式を持参し、Ｉさんの自宅を訪問した。その日に、異なる模擬試験問題を三回繰り返して本番さながらに行った。その七日後に、彼は本番の実技試験に臨んだ。

予想模擬試験がぴたりと当たり、合格した。ＩさんはＳ銀行を定年退職後は、ビル管理会社に就職した。

その一年後、池袋のTデパートのレストランで会って祝杯を上げた。本人は「電気は目に見えないから、最初は怖かった。慣れてくると、電気の理論は正直で面白いですね、ゲーム感覚で勉強していましたよ。丸岡さんの書いた本も時々読んでいましたよ」と挨拶のついでに、本の内容を継ぎ足して話してくれた。

そこで、「しっかり電気の理論と、現場の勉強をすれば、電気はもっと面白くなるよ、前を向いて夢を追い続けましょう。為せば成る、だね」と上杉鷹山の言葉を持ち出すと、「これからが僕の第二の人生だ。丸岡さんに負けないように頑張るよ」とIさんは、笑顔で手を握ってくれた。

「そう願いたいね。期待しているよ」とうなずいた後、「自分も頑張らなくっちゃ」と、独り言を静かにつぶやいて別れた。

二　温泉熱の利用と効果

中小企業総合事業団専門員として、平成八（一九九六）年六月に北陸地方の山の中腹にある温泉旅館を訪問した。年配の女将と若い事務長が応対してくれた。その後事務長は、時間の都合が悪く退出して主に女将が対応した。

この温泉旅館には、客室が約七〇室、大浴場が二カ所、露天風呂が二カ所、及び大小宴会場が二カ所あった。主要設備には、暖房用にボイラ三台、温水用水中ポンプ二台、及び揚水ポンプ二台のほかに、蓄熱槽などが設置されていた。

温泉湯は、スキー場内の源泉からパイプが引かれて、蓄熱槽に送られていた。水は自然水で、敷地内に湧き出ていたが、これを受水槽に溜めて高置水槽に汲み上げて使用されていた。

最初の訪問時は、温泉湯を汲み上げて、蓄熱槽に蓄えてから、大浴場や露天風呂のほかに、個室に直接送られていた。その使用済みの湯は、排水溝に流されていた。

旅館の女将から「風呂の温泉湯は、すべて垂れ流していた。ほかに有効利用ができないか」と相談を持ちかけられた。また、厨房の洗いものや調理の燃料には、ボイラ三台を使用して、燃料はA重油が使用されていた。冷暖房には、電気のエアコンが使用されていた。

女将は「寒い時期には、ボイラの燃料代が増えるし、宴会場はエアコンの運転時間が長いため、暖房の電気代がばかにならない」とこぼしていた。

そこで、「汲み上げた温泉湯は、浴場への供給のほかに、厨房の洗いものや調理にも利用して、ボイラの運転台数を減らしてはどうか」「暖房の期間中は、廃湯を宴会場などの床暖房に利用したらどうか」と、旅館の内部をくまなく巡回して回り、女将に改善点を提案した。

水中モーターによる湯の汲み上げ。

その後、温泉湯の源泉と井戸を調査した結果、温泉湯は約三〇メートル先の山の中腹のスキー場が源泉で、約六〇度の湯がポンプで汲み上げられていた。また、自然水が約七度の温度で旅館の敷地から噴き出しており、飲料水などに使用されていたので、十分に確保できる目処がついた。

これらの設備の改修工事を具体的に進言した結果、ボイラは三台使用されていたが、改修後は一台で済んだ。また、冬期は宴会場や廊下を、床暖房に切り替えたため、エアコンの使用は、夏期の冷房期間以外は使用することはなくなった。

改修後に訪れると、女将は「経費の大幅な削減のほかに、排湯の余熱で池で魚の養殖も始めた」と、コイやマスが泳ぐ養殖現場に案内してくれた。久しく生きた魚を見たことがなかったので、故郷で魚釣りをした頃の思い出がよみがえって、しばらく見惚

蓄熱槽

れていた。女将は待ちきれなくなって「もうよろしいでしょうか、次の施設を案内します」と言う。我に返って、しぶしぶ女将の後に付いていった。

　この改修工事により、燃料の削減のほかに、おまけの養殖池ができた。

三　ドイツとスイスを訪問

平成八（一九九六）年一二月に、ドイツのフランクフルト近くのCH社と、スイスのエレベータ会社S社の視察のために、両国を訪問した。CH社は三相誘導電動機を製造しており、従業員は約一五〇名の中小企業である。日本から通訳も同行した。電動機の安全性向上、試験法、及び算定評価の調査を目的とした、日本の輸入企業からの依頼であった。

CH社の電動機は、フレームがアルミと鉄の合金で、日本製の鋳鉄製電動機に比べて小形軽量だった。電動機価格は日本の価格の約六〇パーセントだった。ま

ドイツ CH 社の社長と技術者たち。

た、CH社に訪問前に国内で同社の電動機の性能評価試験を行った。その結果は、電動機定格出力が一五〜二二キロワットの範囲では効率がよく、これより出力が離れると、極端に効率が低下していた。そこで、鉄心構造・巻線の太さ・本数を調査した結果について指摘した。

質疑応答に入り「電動機の性能は、どのようにして調べるのですか」と聞いたところ、「抜き取り検査では、実際の機械に電動機を連結して性能を調べている」との返答だった。そこで、「日本では簡単な実験で、機械に電動機を連結することなく、等価回路から計算で算定している」と日本の英文の工業規格を提示した。

すると、「電動機の性能は、計算での報告書

CH 社の電動機巻線作業。

は信用できない」と主張した。そこで、試験法と算定方法、及び電動機の改善点などを指摘して了解を得た。

対応者は終始友好的で、「日本人はドイツ人と似て、勤勉で礼儀正しい。当社に来ていただいて誇りに思います」と、自国を褒めることも忘れなかった。日の丸の旗、ドイツの国旗、並びに社旗を掲げて歓迎してくれた。

工場の昼休み時間帯は一二時～一四時で、二時間の休息があった。昼食時に、従業員の食堂に案内された。そこでは、従業員がビールを昼食時に飲んで歓談していた。「昼食の休憩時に、ビールを飲んでいるが、午後は酔いが回り、仕事の能率が落ちるのでは」と聞いてみた。すると工場長は「昼食にビールを飲むと、午後は作業能率が上がるんだよ。昼の休憩時間は二時間あるしね。それに従業員は、夜遅くまで残業してくれて大歓迎だよ」と笑顔で語ってくれた。日本人には真似ができないことだと思った。

ドイツからスイスへの移動は、スイスのエレベータ部品製造のS社の視察が目的で、当社の自家用車を使用した。高速道路を時速約一五〇キロの走行速度で走り、国境の検問所では、機関銃を持った二名の兵士が、車内を隈なく調べた。電気の測定器が積まれていたが、中身を見ても、何も聞かれることなく、入国許可が出た。

スイスのS社のエレベータ部品は、日本にも輸出されていた。スイス人通訳の故郷でもあった。

スイスに到着して、S社の工場長は、エレベータの部品工場や実験場を案内してくれた。日本のエレベータ製造技術者も同行していた。

このS社の訪問では、エレベータ部品の製造工程を見学した後、エレベータの始動時、運転時、及び停止時の動作特性を、コンピュータで画像にして説明してくれた。その後、部品の故障時のエレベータへの影響について説明がなされて、質疑応答となった。

翌日の午前中は、谷間の湖畔に霧がかかっていたが、山頂の天気は快晴で、アルプスが一望できた。そこで、山頂のレストランで昼食となった。この日は、老夫婦とみられる数組が食事をしていた。レストランはセルフサービスでパン、チーズ、生野菜などをふんだんに食べることができた。特に野菜は新鮮でおいしく、国内で米飯を食べていた頃を、すっかり忘れさせてくれた。

　同行のスイス人の通訳は、日本に長く住んでおり、日本語は堪能であった。その日の夕方には、湖の畔で縁日が開催されている場所に案内してくれた。道路の両側には、郷土のお土産店や食べ物店が並んでいた。ヨーデルと笛でスイス民謡を演奏していた。この上ない幸せを感じた。

　夕食時に、小さなレストランに入った。ここでは、肉と野菜のおかずに、お米のご飯が出された。日本のお米と違って細くて長い粒で、久しぶりのご飯であったが、食べ残し

スイス・アルプスにて。

て、パンを食べた。日本のおいしいご飯が恋しく思えた。約一週間の旅は終わった。

四　太陽熱の利用と効果

中小企業総合事業団の依頼で、平成九（一九九七）年七月に宮城県の田んぼの中の繊維製品の捺染《なっせん》業を営むM工場を訪問した。

その時に工場長から「この製造工程は、年間を通して蒸気や温水が大量使用されている。そのうえに、大形冷凍機により冷房も行っている。そのため、これらの経費が経営を圧迫している。何とかならないかね」と相談を持ちかけられた。早速、工場内を案内してもらった。

工場内には蒸気ボイラが二台、常時運転されており、そのボイラの蒸気は、捺染台や乾燥釜などに供給されていた。また、大形冷凍機により工場内は冷房運転も行っていた。そのうえに、年間を通して作業環境を維持するのに、水道水の使用量も多かった。そのため、燃料、電力、及び水道の使用料金が高く、経営を圧迫していた。

そこで、周囲を見渡すと、M工場は田んぼの中に位置しており、太陽を遮るものがないことから、工場長に「太陽熱温水器の導入を検討したら」と、あらかじめ持参した業務用太陽熱温水器のカタログ類や技術資料を渡して詳細に提案した。工場長は「設備費は高価になるが、採算が合いそうだから、早速、前向きに検討したい」との返答だった。

その一カ月後、工場長から「資金に目処が立ったので、早速、実行に取り掛かりたい」との返事をいただいた。そこで、再度工場を訪問して、工場長と二人で、施工上の問題点などを検討した。

その計画を基に実施した結果、蒸気、及び温水の供給に、真空ガラス管形太陽熱温

太陽熱温水器の上で。

水器を工場の屋上に設置し、ここから温水を循環ポンプで工場に供給するようにした。この太陽熱温水器は水を蒸気、及び温水にする。各需要設備にこの熱が供給されるようになり、熱源機器の稼働率が低減した。

完成後に、工場長を尋ねると、「こんなに燃料や電力の使用量が減るとは、驚いたね、苦労のやりがいがあった」と喜んだ。その利用効果で、電気と熱の年間使用量を約三五パーセント減らすことができた。また、水道使用量は約七五パーセント減らすことができた。

この太陽の恵みに感謝して、工場長か

蓄熱槽、冷温水器、クーリングタワーの上部。

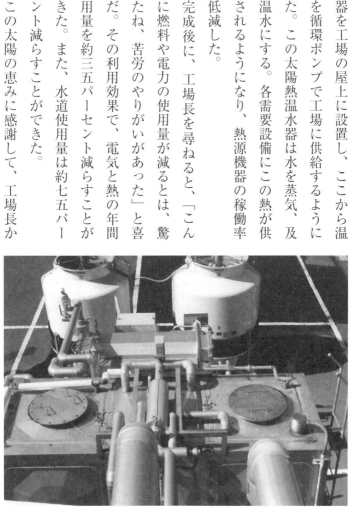

ら「工場近くの山上に、太陽が一日中照りつける食堂があるが、そこで昼食を食べないか」と誘われた。

汗をかきながら、太陽の恵みを受けた高台の屋外レストランで食べた洋食は、一段とおいしく感じられた。

五　運用改善と現地試験

平成七（一九九五）年三月に定年退職後、都や県などの技術アドバイザー（平成二一年三月まで）及び省エネ診断員（令和二年一二月の現在継続）に携わってきた。

電気と熱の使用量の多い事業所（スーパー・コンビニ・個人経営の販売店並びに飲食店）などは一般に営業時間が長い。そのため、照明設備や空調設備の電力消費量が、建屋の単位面積当たりでは多くなる傾向にあった。

照明設備は、平成二五（二〇一三）年頃か

事務所実験室にて

らどこの事業所でも蛍光灯器具はＬＥＤ照明器具に交換が始まった。一般に同じ環境条件で、蛍光灯器具をＬＥＤ器具に更新すると、電力消費量は約三〇～五〇％に削減された。また、照明設備の運用改善事例では、不使用時の消灯、局部照明の採用並びに、作業面照度の低減などの提言が効果的だった。これらの原則に沿って、省エネ診断を行った結果、比較的大きな省エネ効果が得られた。

一方、空調設備並びに冷凍設備は、稼働時間が長くなると、多くの消費電力量が使用されていた。これは、エアコンや冷凍設備は電力設備容量が大きいことから、運用面では、設定温度の緩和並びに運転時間の見直しなどの提言が、最も省エネ効果が得られた。

エアコンや照明器具は、製造者のカタログで性能面はほぼ確認できる。しかし、私は性能調査は可能な限り、照明設備や空調設備の運用面でのモデル実験を行って検証している。また、大形電動機などの性能評価試験並びに安全性試験では、トラックなどによる運搬手段が高価になるため、現地に出向き電動交流発電機をリースで借り、これを電源として性能評価試験などを実施している。

現地にて。大形電動機の試験中。

自家発電装置による電動機性能試験中。

六　地球温暖化対策は永遠の課題

長期間（五〇年以上）に亘り、私は電気技術の分野に広く携わってきた。その中で、多くの研究報告書や技術文献などを手掛けてきた。また、令和二（二〇二〇）年一二月の現在まで引き続き、省エネ診断及びその対策技術に取り組んできている。現場での省エネ診断から、エネルギーの削減方法を提案して、省エネ効果などを検証してきた。

今後も引き続き、製造者や販売店などの要望でエアコン、ＬＥＤ照明器具、並びに家電製品などについて、事務所の実験室で、時間に余裕がある限り実験したいと考えている。

省エネ診断によるエネルギーの削減量は、地球全体のエネルギー消費量からみると、わずかな量である。しかし、省エネ診断では、事業所の従業員にとっては、エネルギー使用量の削減のほかに、設備運用及び設備更新の具体的な提言が得られている。一石二鳥の効果があり、大変好評であった。

エネルギー消費量の増加は、温室効果ガスを大気中に多く放出することになる。そのため、地球温暖化をもたらす要因になっている。

地球温暖化とは、地球表面の平均気温が、長期的に上昇することである。地球規模で気温が上昇すると、地球上では、次のような不都合が生ずることが懸念されている。（以下、①から⑥は『ビル・工場のための地球温暖化対策マニュアル』（オーム社）による）

① 海水の膨張や氷河の融解などにより、海面が上昇する。その結果、沿岸域や島々が水没するなどの災害の恐れがある。

② 降雨パターンが変化し、内陸部で乾燥が進み、一方で台風、ハリケーン、サイクロンなどの熱帯性低気圧が猛威をふるい、沿岸域では災害が増加するなど、異常気象が頻発する。

③ 熱帯性のウイルスの、伝染病を媒介する生物の生息域が拡大し、伝染病の発生範囲が拡大する。

④　異常気象や干ばつ及び病虫害の発生などにより、穀物の生産量が大幅に減少し、世界的な食糧難を招く恐れがある。
⑤　気温上昇による環境の急激な変化は、生態系の適応能力が追いつかず、動植物の絶滅リスクが大きくなる。

このような地球温暖化の不都合要因を少なくするためには、全人類が協力して、無駄なエネルギー消費を減らすことが求められている。

「自分がやらなければ、誰がやる、今やらなければ、いつやる」の精神をいつまでも持ち続けて、今後も、地球温暖化対策に取り組みたいと考えている。

七　将棋教室

将棋は高度な奥の深いゲームで、特に思考能力の向上に役立つと思われる。そこで、将棋教室を川越市内の公民館で開催した。その内容の一端を紹介する。

1　将棋から得られるもの

① 日本の将棋は、「最も複雑で高度なゲーム」と世界から注目されており、思考能力、及び忍耐力の向上に役立つ。

② 二人いれば、どこでも将棋を指すことができ、対戦相手との親交を深めることができる。

③ 詰将棋は一人でも指すことができ、認知症の予防に役立つ。

2　将棋は礼に始まり礼に終わる

① お互いに対戦前に、「よろしくお願いします」と頭を約五秒間下げる。

② 対戦中に自分が負けた時は、負けました、と頭を下げる。勝った対戦相手は、ありがとうございました、と頭を下げる。

③ 盤上に一度指した駒を指し直すことができない。また、対戦相手のことを考えて一手約一分以内で指せるように練習をする。

④ 負けた時は、将棋が終わった後に、負けた原因を考える。勝って

将棋教室にて。子供と見学者。

も、ほかにもっとよい勝ち方があったかを考えて、次の対戦に生かす。

⑤対戦相手のことを考えて、謙虚に実力を認め合う。

3　将棋のことわざ

・金底の歩　岩よりも堅し
・二枚替えなら　歩ともせよ
・桂馬の高跳び　歩のえじき
・両取り　動くべからず
・へぼ将棋　王より飛車をかわいがり
・歩のない将棋は　負け将棋
・大駒　玉に接近せず

将棋教室にて。子供たちがミーティング中。

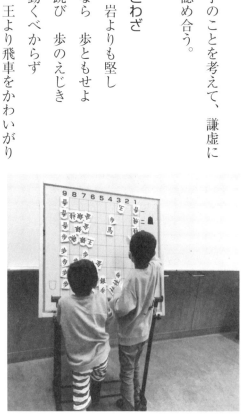

・三桂あって　詰まぬことなし
・相手の打ちたいところに打て
・鬼より怖い二枚飛車

4　詰将棋

私が三手詰の詰将棋の例題一二問を解説して、子供たちの質問に応じた。その後、子供達でミーティングを行い、終了時間を過ぎても詰将棋の検討に余念がなかった。

私は詰将棋の楽しさを改めて知らされ、楽しいひとときを過ごすことができた。

八　家庭の省エネ教室

一般家庭の四大家電は、エアコン、テレビ、冷蔵庫、照明設備である。家庭の省エネ教室ではこの中のエアコン及び照明器具について取り上げた。また、照明器具の電力測定実験、及び家電製品に使用されている小形電動機の速度制御実験を紹介した。その後、訪問者の電動機に関する熱心な質問に応じ、終了時間を忘れて対応した。この教室では、一級建築士の真鍋豊顕氏並びにエネルギー管理士の成川正行氏に協力していただいた。

1　エアコンの省エネ

① エアコンは不在時や空室では運転しない。また、冷房時の室内温度は二八℃、暖房時の室内温度は二〇℃を目安にする。

② 扇風機やサーキュレータを使用して空気を循環させる。

④ カーテンやブラインドで窓からの熱の出入りを防ぐ。

④ エアコンの吹き出し方向は、冷房運転では風向きを上向きに、暖房運転では風向きを下向きにする。

⑤ 屋外機の前には物を置かない。屋外機に夏季直射日光が当たる場所では、日除けを設置する。

⑥ 屋内のフィルターは月に一回以上清掃する。

⑦ 各家庭には、故障リスクを考慮して、エアコンを二台以上設置する。また、想定外の暑さを考慮して、部屋の広さに適した能力以上

環境教室終了後、相談者からの質問に応じる筆者。

のエアコンを設置する。

⑧ 一〇年以上使用しているエアコンは、更新を検討する。

2 LED照明の省エネ

① 寿命が約四万時間と長く、ランプの交換が約一〇年以上と長い。

② 蛍光灯に比べて作業面が同一照度で、消費電力は約三〇～五〇％に減少する。

③ 蛍光灯に比べてスイッチのON／OFFを繰り返しても、寿命に影響が出ない。

④ 消費電力が小さいので、発熱が少

環境教室終了後の相談者への説明。

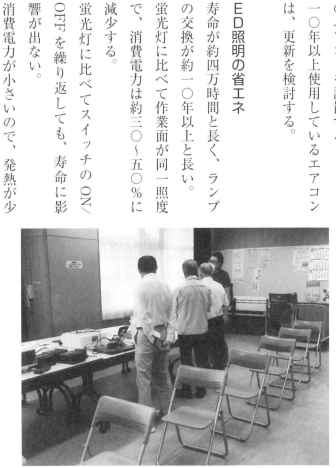

ない。

⑤　瞬間に点灯し、虫がつきにくい、

⑥　水銀を使用していないので、環境にやさしい。

⑦　光が拡散しないので、直下の照度は高くなるが、周囲の照度は低くなる。

⑧　商用電源では電圧や周波数が変動しても照度や消費電力に影響しない。

3　家庭内に管理標準の作成

空調設備及び照明設備の家庭用管理標準を作成して、日常生活でエアコンの運転や照明スイッチによる消灯などを、あらかじめルールを決めて守ることにより、一層の省エネ効果が期待できる。別表に住宅の管理標準例を示す。

住宅の管理標準例（日常ルール例）

作成日：2021年1月1日

項　目	管理内容	室名	管理基準	備考
エアコンの運転管理	①室内の代表的な場所に温湿度計を設置する。②頻繁なエアコンの入切を行わない。③複数台のエアコンを同時に電源を入れない。④家庭内には2台以上のエアコンを設置し、設置後10年以上経過した設備は更新の対象とする。⑤室内空調負荷の軽減のためにブラインドやカーテンの開閉管理を行う。⑥外気温度と室内温度の状況を見ながらエアコンを運転する。⑦エアコン運転時は換気扇の運転を停止し、外気量を減らす。	居間	冷房：26℃、暖房：24℃	夏期と冬期はサーキュレータや扇風機を活用する。温度計により管理を行う。
		食堂	冷房：25℃、暖房：23℃	
		廊下	冷房：27℃、暖房：21℃	
		寝室	冷房：26℃、暖房：24℃	
		全室	夏期相対湿度：50～70% 冬期相対湿度：40～60%	冬期は加湿器を活用する。湿度計により管理を行う。
			空室や不在時はエアコンの運転を停止	約30分以内の不在時はエアコンの運転を継続する。
			エアコン運転時は換気扇の運転を停止	だれでも気づいた時は換気扇を停止する。
室内照明の適正照度と消灯管理	①スイッチや調光器により適正照度の管理を行う。 ②室内を離れる時には消灯する。	居間	150～750Lx	晴天時は窓際照明をスイッチや調光器により消灯する。照度計による管理を推奨する。
		食堂	200～500Lx	
		廊下	30～75Lx	
		寝室	10～50Lx	
	・外出時は照明を消灯する。	全室	外出時は消灯確認の徹底	だれでも気づいた時は消灯する。

九　家庭の省エネ対策適用事例

次ページに表示したものは、第一九回かわごえ環境フォーラムの環境活動報告集への二〇二〇年一二月一四日提出投稿資料である。

エアコン運転時のサーキュレータによる室内の天井と床面の温度差緩和の実験結果の検証、及びエアコンの設定温度の緩和による省エネ効果を取り上げる。

また、従来形照明器具を、ＬＥＤ灯に更新した場合の省エネ効果を取り上げる。

1　エアコン暖房運転時にサーキュレータ有無時の実験例

(1)　事務室6帖の温度測定位置図

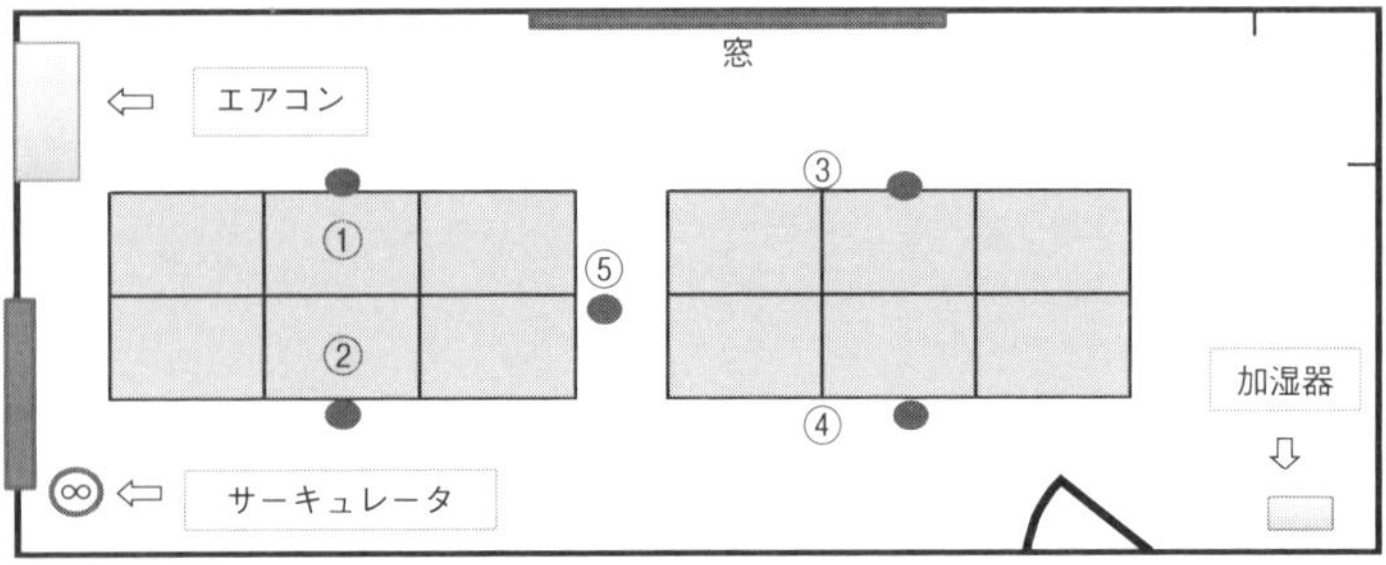

●：測定点、⑤の測定点は床上65cmの高さで測定

(2)　温湿度測定表

エアコン屋外機型式：T社製 RAS-2211ARKS、単相 100V、50Hz
能力：冷房 2.2／暖房 2.2kW
消費電力：冷房 510／暖房 430 W、実施日：2021. 1. 3
使用温度計：放射温度計、天気：曇り、屋外温度：12.6 ～ 15.7℃
エアコン吹出口温度：25℃温度設定 31.4℃、23℃温度設定 27.4℃

写真：エアコン室内機

①　サーキュレータ無し（温度単位℃）

測定場所	25℃設定Ⓐ			23℃設定Ⓑ			差Ⓐ－Ⓑ		
	天井	机上	床	天井	机上	床	天井	机	床
①	25.3		20.4	23.4		19.5	1.9		0.9
②	24.7		20.2	23.2		19.4	1.5		0.8
③	24.2		19.8	22.6		18.5	1.6		1.3
④	23.8		20.2	22.4		18.8	1.4		1.4
⑤		23.4			21.6			1.8	
平均	24.5	23.4	20.2	22.9	21.6	19.1	1.6	1.8	1.1

②　サーキュレータ有り（温度単位℃）

測定場所	25℃設定Ⓐ			23℃設定Ⓑ			差Ⓐ－Ⓑ		
	天井	机上	床	天井	机上	床	天井	机	床
①	25.0		24.5	22.8		22.6	2.2		1.9
②	24.6		24.1	22.7		22.3	1.9		1.8
③	24.1		23.8	22.5		22.2	1.6		1.6
④	24.0		23.5	22.4		21.8	1.6		1.7
⑤		23.8			22.4			1.4	
平均	24.4	23.8	24.0	22.6	22.4	22.2	1.8	1.4	1.8
湿度	相対湿度46～48%			相対湿度48～50%			相対湿度差2%		

(3)　サーキュレータの使用効果

サーキュレータを暖房時に運転することにより、上記の実験結果から室内温度はほぼ均一に保たれている。

2　エアコンの設定温度2℃緩和事例

(1)　現在の空調電力使用量

設置場所	概略型式仕様	①消費電力(kW)	②台数	③年間運転時間(h／年)	④運転率(%)	⑤＝①×②×③×④ 年間電力使用量(kWh／年)
居間(14帖)	D社製R40XRXS	1.013	1	7,300	33%	2,440
食堂(10帖)	D社製R28XRXS	0.605	1	7,300	33%	1,457
読書・勉強室(6帖)	D社製R22XRXS	0.438	1	7,300	25%	799
合計			3			4,696

備考：消費電力は、単相100V、50Hzで暖房・冷房運転時の平均消費電力を示す。

(2)　設定温度を2℃緩和後の省エネ効果

電力削減量	原油換算量	CO_2削減量	削減額	投資金額
939kWh／年	236L／年	459kg-CO_2／年	28千円／年	投資は不要

①冷房時は設定温度を24℃から26℃、暖房時は設定温度を26℃から24℃に変更する。
②年間運転時間：365日／年×24h／日×(10／12)月≒7,300h／年
③設定温度2℃緩和後は、電力使用量が20%削減できるものとする。(下図参照)
④電力料金単価：30円／kWhとする。

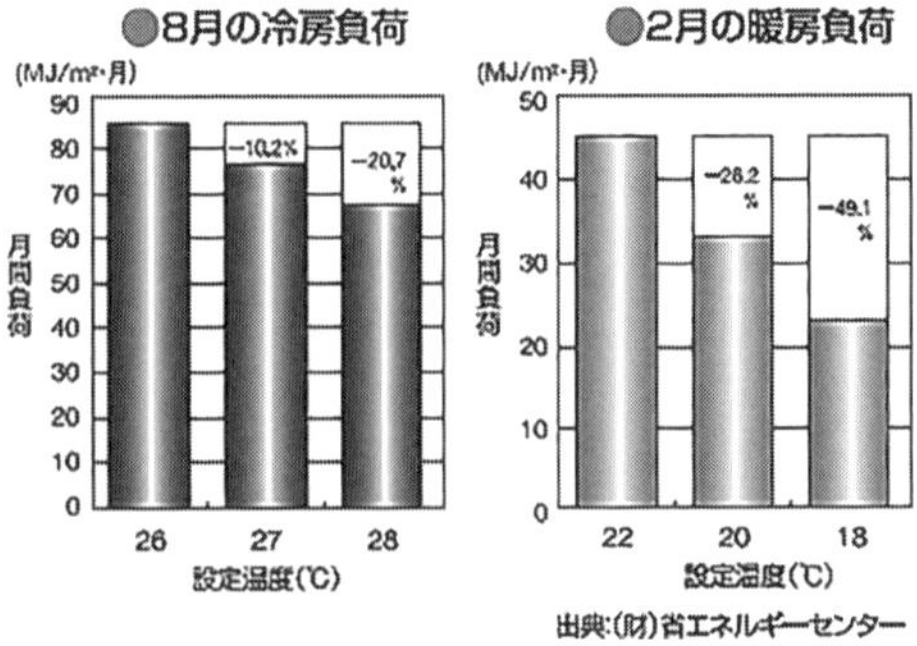

図　設定温度と月間負荷の関係資料

3　従来形照明器具をLED灯に更新した場合の省エネ効果事例

(1)　従来形照明器具の年間電力使用量

設置場所	概略照明仕様	① 消費電力 (kW)	② 台数	③ 年間点灯時間 (h／年)	④ 点灯率 (%)	⑤＝①×②×③×④ 年間電力使用量 (kWh／年)
居間 (14帖)	FHC41／34／27W ×1灯	0.112	1	8,760	33%	324
食堂 (10帖)	FHC34／27／20W ×1灯	0.089	1	8,760	33%	257
読書・勉強室 (6帖)	FHC34／27W ×1灯	0.067	1	8,760	25%	147
階段・台所	FLR40W×1灯	0.042	2	8,760	20%	147
台所・洗面・納戸	FL20W×1灯	0.021	4	8,760	20%	147
廊下・玄関	EFA15W×1灯	0.011	6	8,760	20%	116
トイレ	IL60W×1灯	0.054	2	8,760	15%	142
合計			17	／	／	1,280

(2) LED 灯に更新後の年間電力使用量

設置場所	概略照明仕様	①消費電力(kW)	②台数	③年間点灯時間(h/年)	④点灯率(%)	⑤=①×②×③×④年間電力使用量(kWh/年)
居間(14 帖)	FHC41/34/27W×1 灯相当 LED	0.051	1	8,760	33%	147
食堂(10 帖)	FHC34/27/20W×1 灯相当 LED	0.040	1	8,760	33%	116
読書・勉強室(6 帖)	FHC34/27W×1 灯相当 LED	0.028	1	8,760	25%	61
階段・台所	FLR40W×1 灯相当 LED	0.015	2	8,760	20%	53
台所・洗面・納戸	FL20W×1 灯相当 LED	0.010	4	8,760	20%	70
廊下・玄関	EFA15W×1 灯相当 LED	0.006	6	8,760	20%	63
トイレ	IL60W×1 灯相当 LED	0.006	2	8,760	15%	16
合計			17			526

備考：FHC：高周波点灯環形蛍光灯、FLR：ラピットスタート直管形蛍光灯、FL：スタータ直管形蛍光灯、EFA：電球形蛍光灯、IL：白熱灯

(3) LED 灯に更新後の省エネ効果

電力削減量	原油換算量	CO_2 削減量	削減額	投資金額	回収年数
754kWh/年	190L/年	369kg-CO_2/年	23 千円/年	129 千円	5.6 年

①電力料金単価：30 円/kWh、投資金額：参考価格の合計金額
②年間点灯時間：365日/年×24h/日 =8,760h/年

(4) 実施上の留意点

蛍光灯はランプの全周が光るが、LED 灯は、光の方向が主として下向きになる。そのため、LED 灯の全光束が蛍光灯の全光束より小さくても、テーブル上の明るさは殆ど変わらない。

以上の実験結果、および「八、家庭の省エネ教室」の項で紹介した内容を、家庭における省エネ対策の参考にしていただければ幸いである。

あとがき

二歳頃に母の優しい顔を認識した時から、私の人生が始まった。

子供の頃は、太平洋戦争並びに福井大震災の発生などによる、激動で苦難の時代が続いた。父は福井大震災で亡くなったが、その後、母兄姉たちは、家族の幸せを願い、互いに助け合って生きてきた。

生家の付近には自然が広がり、子供の頃は自然に溶け込んで遊んだ。そして田畑の仕事、湖・海での魚捕りなど、苦労の中にも明日への夢と希望が膨らんでいた。常に前向きに物事を考えていたので、多くの人に支えられて行動に移すことができた。

上京して、大学、就職、自営業などの経験をし、長きにわたり生きてきた。これも、家族や多くの先輩、同僚、後輩並びに学友などに支えられたからである。平成二九年度と平成三〇年度には大臣賞を受賞した。これは長年の諸先輩の業績を継承し、研鑽を重ねた結果、受賞したものだと思っている。

私がこの物語を書く第一の動機は、幼年時代の故郷での喜びや悲しみ、そして困難な時に家族が助け合って過ごした証を、この世に残したいと思ったからである。

第二の動機は、これまでの実務経験を生かして、ビル・工場などの現場技術者に、講演、書籍・資料提供並びに現地技術相談などを通して、技術継承してきたことをまとめておきたい、という思いが挙げられる。

本書は、これまで体験してきた出来事の一端を、物語として年代順に述べてきた。読者の皆様が生きていく上で、心の片隅にでもお留めいただければ幸いである。

最後に、刊行に当たり協力していただいた、あわら市の坪田利一氏と丸岡栄一氏に深く感謝いたします。

参考文献

『あわら市北潟村民誌』北潟歴史探訪の会編
『開湯芦原一〇〇年史』芦原温泉開湯一〇〇周年記念誌編集委員会編
『電気研究所四十年史』東京都
『東京都立工業技術センター二十年史』東京都立工業技術センター
『ビル・工場のための地球温暖化対策マニュアル』丸岡巧美編著　オーム社

著者略歴

福井県出身、埼玉県在住
昭和28年３月　福井県三國高等学校普通課卒業
昭和34年３月　東京電機大学工学部電気工学科卒業
昭和37年３月　東京電機大学電機学校テレビ技術科卒業
昭和38年４月　東京都電気研究所用品試験部に技師として入所
平成７年３月　東京都立工業技術センター（東京都電気研究所：改称）を定年退職
平成７年４月～平成12年３月　東京都立技術専門校講師
平成７年４月　丸岡技術士事務所開設
平成７年４月より日本技術士会省エネ相談センター幹事
昭和61年10月～平成６年９月　電気学会小形電動機調査専門委員会幹事
主な著書：『小形モータ』電気学会精密小形電動機調査専門委員会編（共著）コロナ社、『ビル・工場のための地球温暖化対策マニュアル』オーム社、『ビル・工場の省エネ技術活用読本』オーム社、『ビル・工場設備の省エネ対策実務必携』オーム社
主な資格：技術士（電気電子部門）、エネルギー管理士、環境カウンセラー（事業者部門）、職業訓練指導員免状（電気工事）、電気主任技術者、電気工事士（１種、２種）、１級電気工事施工管理技士、将棋６段（日本将棋連盟）ほか
受賞歴：科学技術奨励賞（オーム技術賞）、中小企業長官賞、永年交通安全防止無事故・無違反表彰（川越警察署）、東京電気管理技術者協会（埼玉支部長退会表彰）、樋口賞（日本電気技術者協会）、澁澤賞（日本電気協会）、経済産業大臣賞、環境大臣賞

著者プロフィール

丸岡 巧美（まるおか たくみ）

福井県出身、埼玉県在住
昭和34年 3 月　東京電機大学工学部電気工学科卒業
昭和38年 4 月　東京都電気研究所用品試験部に技師として入所
平成 7 年 3 月　東京都立工業技術センター（東京都電気研究所：改称）を定年退職
平成 7 年 4 月　丸岡技術士事務所開設
主な著書：『小形モータ』電気学会精密小形電動機調査専門委員会編（共著）コロナ社、『ビル・工場のための地球温暖化対策マニュアル』オーム社、『ビル・工場の省エネ技術活用読本』オーム社、『ビル・工場設備の省エネ対策実務必携』オーム社

本文イラスト・シマヅカオリ

神様から授かった一度の人生

2021年 4 月15日　初版第 1 刷発行

著　者　丸岡 巧美
発行者　瓜谷 綱延
発行所　株式会社文芸社
〒160-0022　東京都新宿区新宿1－10－1
電話　03-5369-3060（代表）
03-5369-2299（販売）

印刷所　株式会社フクイン

ISBN978-4-286-22480-0